KB196307

반짝이는 것이

나를

이끌어간다

반짝이는 것이

나를

이끌어간다

권채운 장편소설

강

프롤로그

가을이 되자 아침햇살이 베란다 깊숙이 들어왔다. 옹색한 대로 베란다에 동그란 탁자를 들여놓고 그 위에 작은 꽃잎이 귀여운 사계국화 화분을 올려놓았다. 낚시 의자까지 놓으니 그런대로 아늑하다. 나는 커피를 한 잔 내려서 베란다에 앉아 고요함을 즐긴다. 곤지암천의 냇물이 바람결에 눈부시게 반짝인다. 물의 정령이 기다란 은빛 비단을 펼쳐 들고 유유히 거니는 듯하다. 굽이쳐 흐르는 물살에 은빛 별이 반짝인다. 어떤 다이아몬드도 저리 아름답게 반짝일 수 없을 것이다.

불현듯 S의 얼굴이 떠올랐다. 애써 기억 저편에 꽁꽁 숨겨 놓았던 장면이었다. 그의 결혼식 날, 새벽 기차를 타고 남으로 남으로 달려갔던 내 초췌한 청춘의 모습까지 선연하게 보였다. 주머니에 도루코 면도날을 간직하고 무작정 떠났던 그 날, 아무 역에나 내려서 그동안 꿈꿔왔던 일을 해치워버릴 심 산이었다. 두 시간쯤 덜컹이며 갔을까, 완행열차는 통학생들 과 장 보러 가는 촌사람들로 가득 찼다. 딴 세상 사람들 같았 다. 행색은 추레했지만 그들은 모두 굉장한 기대를 안고 있는 듯이 쉴 새 없이 떠들었다. 그들이 내뿜는 활기가 객차까지 들썩이게 하는 것 같았다. 나는 고개를 돌려 차창 밖을 바라 보았다. 논둑길 따라 등교하던 어린아이들이 기차를 향해 손 을 흔들었다. 단풍잎 같은 손에 햇살이 반짝였다. 참 아름다 웠다. 문득 이 아름다운 세상을 두고 나 혼자 떠난다는 게 억 울하다는 생각이 들었다.

무슨 대단한 사랑을 한 것도, 실연을 한 것도 아니지 않은 가. 그냥 이참에 이 소망 없는 인생에서 하차하고 싶은 마음 이 나를 기차에 태운 것은 아닐까. 나는 그들 보통 사람들이 내뿜는 활기에 떠밀려서 기차가 정차하자 불현듯이 일어나 기차에서 내렸다. 논산이었다. 역전식당에서 해장국을 한 사 발 들이켰다. 왠지 힘이 솟는 것 같았다. 나는 상행선 기차를 타고 돌아와서 아무 일도 없었다는 듯이 씩씩하게 회사에 출 근했다. 그날 이후의 내 삶은 덤이었다. 어째 덤으로 받은 것 이 더 많은 인생을 살아온 것 같다.

눈을 돌리면 그 시선에 따라서 물별도 따라 움직였다. 바라 보지 않으면 냇물도 그저 무심히 흘렀다. 반짝이는 것이 나를 살게 하는구나.

　모르는 번호였다. 받을까 말까 망설이다가 010으로 시작하는 번호니까 보이스피싱은 아닐 거라 생각해서 전화를 받았다.

　"이지흘 선생님이시죠? 저는 북튜버인데 선생님 소설을 낭독하고 싶어서 전화드렸습니다."

　"북튜버요? 제 번호는 어찌 아시고?"

　"소협에 사정 말씀드리고 겨우 알아냈습니다. 선생님 소설을 낭독하고 싶은데 허락해주십시오."

　"그렇게 하세요."

　그게 시작이었다. 그 북튜버 말고도 여러 북튜버가 내 소설을 낭독한 것이 유튜브에 업로드되었다. 통틀어 두 권뿐인 내 작품집을 북튜버들이 앞다투어 오디오북을 만들어 올렸다. 읽는 책에서 듣는 책으로 변신한 내 소설은 잠 못 드는 사람들에게 나름의 역할을 하고 있는 듯했다. 내 소설의 오디오북 조회수를 살펴보는 일이 매일의 즐거움이 되었다. 죽은 듯이 잠자고 있던 내 이야기들이 북튜버의 목소리에 실려 새 생명을 얻어 널리 퍼지고 있었다. 책을 내면 무엇 하나, 아무도 읽지 않는 소설은 써서 무엇 하나. 의기소침해서 내가 소설가라는 사실도 잊은 채 손을 놓고 지냈는데 북튜버들의 선전은 나를 다시 컴퓨터 앞에 앉게 했다. 내가 소설 속에 가두고 싶어 했던 인물들이 하나둘 내게로 왔다.

1장
산당화 피던 시절

매화꽃이 지고 나면 산당화가 붉은 꽃봉오리를 부풀린다. 봉긋이 피어나는 산당화를 바라보고 있으면 산당화 가지의 길쭉한 가시에 가슴을 찔리는 아픔을 느끼곤 한다. 평토장한 막내 이모의 무덤 앞에 산당화 두 그루를 심어놓고 그 앞에 퍼더버리고 앉아 하염없이 눈물을 흘리던 엄마의 처연한 모습이 산당화 꽃가지에 겹치기 때문이다.

엄마는 산당화를 해당화라고 알고 있었다. 내가 커서 알고 보니 해당화는 바닷가의 모래 둔덕에 진분홍 꽃이 피는 잔가시가 많은 꽃나무였고, 엄마와 내가 이모의 무덤가에 심었던 나무는 산당화였다. 우리가 철석같이 믿었던 것이 전혀 다른 것일 수도 있는 일이 부지기수인 시절이었다.

막내 이모는 자살했다. 쥐약을 먹었다고 동네 사람들이 수
군거렸다. 오르지 못할 나무를 올려보다가 보기 좋게 차이는
바람에 쥐약을 마셨다고, 동네 아낙네들이 우물가에서 입을
비죽이며 흉을 보았다. 아무도 내게는 자세한 말을 해주지 않
아서 막내 이모가 왜 자살했는지 모른다. 엄마는 그랬다. 그
래, 언니들 팔자 따라가지 않고 일찌감치 저세상 간 게 잘한
거라고. 막내 이모는 엄마의 동생이었지만 둘도 없는 친구이
기도 했다. 막내 이모가 죽고 나서 그 이듬해에 엄마가 돈을
벌어야 한다며 서울로 갔다.

긴 가뭄이 이어지는 나른한 봄이면 나는 홀로 주전자에 물
을 담아 막내 이모의 무덤을 찾아가서 산당화에 물을 주었
다. 공동묘지의 아랫자락에 봉분도 없이 평토장한 막내 이모
의 무덤에는 돌멩이 몇 개가 흩어져 있었다. 산당화를 심어놓
지 않았다면 나무꾼이 밟고 지나가도 모를 산자락일 뿐이었
다. 나는 산당화 꽃을 따서 흩뿌렸다. 붉은 꽃잎이 이모의 피
울음처럼 점점이 떨어졌다. 나는 엄마처럼 울지 않았다. 그저
먹먹한 가슴을 어쩌지 못해서 애꿎은 꽃잎만 잡아 뜯었다.

막내 이모는 죽어서도 사람대접을 받지 못했다. 대성통곡
하는 엄마에게 외할아버지의 불호령이 떨어졌다.

"어서 눈물 닦아라. 부모 앞에 생목숨을 끊은 불효자식에게
는 눈물 한 방울도 아깝다."

저녁 어스름에 외할아버지가 이미 굳어버린 막내 이모를

멍석에 둘둘 말아 지게에 지고 가서 혼자 묻고 왔다. 그 뒤를 엄마가 멀찌감치 따라가서 무덤을 알아놓았다. 엄마는 세월이 흐르면 돌무더기로 표시해놓은 것도 없어지고 막내 이모의 무덤은 흔적도 없을 거라며 외갓집 화단에 있던 산당화를 파다가 무덤가에 심어 표지로 삼았다.

공동묘지에서 처녀 귀신이 나온다더라. 그쪽에는 얼씬도 하지 마라. 동네 어른들이 쉬쉬하며 아이들에게 일렀지만 나는 막내 이모가 묻힌 공동묘지가 무섭지 않았다. 매일 학교가 끝나면 학교 정문에서 나를 기다리던 엄마와 둘이서 이모의 무덤가에 앉아 있다 오는 것이 일과였기 때문이다. 처음에는 퍼더버리고 앉아 목 놓아 울던 엄마 옆에서 나도 따라 우는 수밖에 없었다. 나는 엄마처럼 오랫동안 울지 못했다. 그저 우는 엄마 옆에서 먼 산만 바라볼 뿐이었다. 산은 봄물이 올라서 아련한 연둣빛으로 살아나고 있었다. 하루가 다르게 산은 움쑥움쑥 키를 키웠다. 일주일이 지나고 보름이 지나자 엄마의 울음소리가 차차 잦아들었다.

"이 바보야, 네가 없는데도 꽃은 피고, 못자리에 모가 파랗게 올라왔구나. 언니에게 말이라도 좀 하지, 혼자 끙끙대다가 훌쩍 가고 나니 속이 시원하냐? 그렇게 쉽게 갈 수 있는 길이라면 나도 데려가지 그랬냐? 네가 없는 친정에는 발길도 하기 싫구나. 미자가 왔다 갔다 하면서 엄마 소식을 전하는데 엄마도 넋이 나가서 손을 놓고 있는 모양이더라. 어쩌자고 네 생각만 하고 그리 떠나갔더냐."

엄마는 이모가 앞에 있기라도 한 것처럼 말을 걸었다. 바람이 우우 소리를 내며 지나가면 이모가 대답이라도 하는 것 같았다. 언니, 여기도 좋아. 춥지도 않고 덥지도 않고, 예쁜 꽃이 피고 새가 노래해. 가난한 사람도 없고 부자도 없고, 근심 걱정이 없다니까. 나는 주일학교에서 배웠던 천국에 이모가 갔을 거라고 믿어 의심치 않았다.

비가 와서 며칠 동안 이모의 무덤에 가지 못했다. 비가 그치자 엄마는 내 손을 잡고 무덤으로 향했다.

"엄마, 잠깐. 저기 외할아버지가 있어."

"웬일이래? 집안 망신이라며 울지도 못하게 하던 양반이······"

외할아버지는 한참 동안 산당화를 어루만지더니 두 무릎을 세우고 그 위에 얼굴을 묻었다. 어깨가 들썩였다. 한참을 그러고 있더니 담배쌈지를 열어 담배 한 대를 피워 물었다. 담배 연기가 몽글몽글 피어올랐다.

"엄마, 할아버지께 인사할까?"

"아니, 저 위쪽에서 좀 더 기다리다가 할아버지 가시면 이모 보러 가자."

해가 넘어가고 저녁 어스름이 깔리는데도 외할아버지는 일어설 기미가 보이지 않았다.

"오늘은 그냥 가자. 이모도 오늘은 아버지를 만나서 못다

한 애기를 나눴겠지."

엄마의 손에 이끌려 산을 내려오면서 자꾸 뒤돌아보았다. 외할아버지는 그 자리에 붙박인 듯 미동도 하지 않았다.

엄마가 서울로 떠나고 나자 나는 독하게 마음먹었다. 하다 하다 안 되면 자살을 하는 방법이 있으니까 혼자라도 사는 데에 그리 겁낼 것이 없겠다는 생각이 들었다. 그래서 자살에 대한 정보를 수집하기 시작했다. 이모처럼 쥐약을 마시는 방법은 택하고 싶지 않았다. 백합꽃을 방 안 가득 들여놓고 방문을 밀봉하면 그 향기에 취해서 죽을 수 있다는 방법에 가장 혹했지만, 시골구석에서 백합꽃을 구할 방법은 없었다. 클레오파트라처럼 독사에 물려 죽는 방법도 멋져 보였다. 그러나 뱀은 생각만 해도 징그러웠다. 결국 내가 택한 방법은 면도칼로 손목을 긋는 것이었다. 나는 아무도 모르게 도루코 면도날을 사서 필통에 넣어 다녔다. 든든했다.

막내 이모가 자살로 생을 마감한 것을 기점으로 나의 행복했던 유년기도 끝나버렸다. 엄마는 4녀 1남 중의 셋째다. 엄마와 큰이모와 둘째 이모까지 모두 청상과부였다. 6·25전쟁의 폭탄을 고스란히 맞은 것이다. 유일한 아들이었던 외삼촌은 서울에 유학을 시켰지만, 이모들은 초등학교도 제대로 마치지 못했다. 여자가 머리에 먹물이 들면 남자의 앞길을 막는다는 외할아버지의 고루한 생각 때문이었다.

외갓집 식구들은 모두 손재주가 뛰어났다. 외할아버지가

강변의 갈대 줄기를 걷어다가 다듬어서 바구니를 만들면 동네 사람들이 앞다투어 가져갔다. 외할머니는 산에서 싸릿가지를 베어다가 껍질을 까서 속 재료로 삼고 댕댕이 덩굴로 감아서 동글동글 쌓아 올려 예쁜 바구니를 만들었다. 앙증맞은 필통, 반짇고리 등은 동백기름이나 참빗 같은 것들을 넣어두기에 맞춤이었다. 외할아버지가 만든 것들은 집 밖에서 유용했고, 외할머니가 만든 것들은 방 안에서 사랑받았다.

막내 이모는 양재학원에 다니면서 양재 기술을 익혔는데 실습 제품들은 모두 내 옷이었다. 이모는 특이한 디자인의 옷을 만들어서 인형 놀이하듯 내게 그 옷을 입히고 즐거워했으나 나는 특별했던 그 옷들이 너무 싫었다. 날개가 달린 듯한 점퍼스커트, 공주들이나 입을 법한 부풀린 소매와 빙그르르 돌면 원이 그려지는 풍성한 원피스, 명주 스카프를 둘러야 하는 세일러복 등, 시골 애들은 아무도 입지 않는 옷들이었다. 나는 우와빠리라고 불렀던, 애들이 교복처럼 입고 다니던, 장에 가서 살 수 있는 옷이 입고 싶어서 아침마다 엄마와 실랑이를 했다.

내 생일은 한여름, 텃밭의 옥수수가 아직 덜 여물었을 때쯤이었다. 엄마는 한 번도 내 생일을 거른 적이 없었다. 방학 중이었는데도 내 동무들을 불러 생일잔치를 벌였다. 내 동무들은 나만큼이나 내 생일을 손꼽아 기다렸다. 수수팥떡과 좀 덜 영글어서 비릿한 찐 옥수수와 엄마가 만든 매작과와 막걸리로 부풀린 다음 강낭콩을 넣고 찐 술빵과 흰쌀밥에 미역국. 배불리 먹고 난 다음에는 막내 이모와 술래잡기를 했다. 술래를 자청한 이모는 아까시나무의 가시를 이마와 코와 볼에 침을 묻혀 붙이고는 괴성을 지르면서 우리를 쫓아다녔는데 우리는 잡힐 듯 잡힐 듯 잡히지 않는 그 술래잡기를 너무나 좋아해서 해가 저무는 줄 모르고 뛰어다녔다. 마실 갔던 할아버지가 에헴, 하며 대문을 들어설 때까지 이모는 우리와 놀아주었다.

가뜩이나 허약했던 나를 엄마는 일곱 살이 되자 초등학교에 입학시켰다. 입학하기 전에 한글은 물론 천자문까지 떼고 구구단을 다 외우게 한 다음 해군들이나 입는 세일러복을 입혀서 입학식에 데려갔다. 초등학교 운동장에서 나는 단연 눈에 띄었다. 이미 다 알고 있는 한글을 가르치는 학교가 재미없었다. 남자아이들은 내 세일러복에 두른 명주 스카프를 서로 빼앗으려고 싸움질이었고, 여자아이들은 내 머리에 꽂힌 커다란 붉은 리본을 뒤에서 잡아당겼다. 눈물 마를 날이 없었다. 내가 훌쩍이며 집으로 가자 엄마는 나와 함께 등하교했다. 내가 공부하는 동안 엄마는 교실 뒤편에 서서 아이들을 감시했다. 그 덕분에 나는 아이들에게 시달림을 면할 수 있었지만 외톨이가 되었다. 다른 엄마들이 하나둘 우리 엄마에게 뒤질세라 엄마 옆에 서게 되었다. 어떤 아이는 할머니가 와서 서 있기도 했다. 치맛바람의 시작이었다.

이학년에 올라가자 엄마는 장터의 유일한 미장원에 가서 내 머리에 불파마를 시켰다. 머리 한가득 조그만 숯을 피워 올려서 몹시 뜨거웠다. 눈물을 찔끔찔끔 흘렸지만, 엄마는 아랑곳하지 않았다.

"아유, 예뻐라. 서울 애들은 이렇게 파마하는 게 유행이란다. 우리 미자는 서울 가도 빠지지 않을 만큼 귀엽다니까."

커다란 풀 방구리를 이고 있는 것 같은 파마머리는 낯설었다. 이 머리를 하고 어떻게 학교에 갈 수 있을지 걱정이었다. 이번에야 멋도 모르고 끌려가서 머리를 볶았지만 다시는 미장원 근처에도 가지 않으리라 다짐하는 수밖에 없었다. 어린애 머리를 볶았다고 할아버지가 크게 역정을 내는 바람에 식구들과 함께 밥을 먹을 수도 없어서 엄마와 나는 부엌에서 밥을 먹어야 했다. 공주 원피스도 세일러복도 파마머리도 싫었다. 엄마는 내 의견 따위는 물어보지도 않고 엄마 마음대로 나를 꾸미고 입히고 가르쳤다. 나는 그런 엄마가 싫었다. 외할머니에게 하소연하면 외할머니는 그저 아무 말 없이 먼 산만 바라보았다.

오로지 나만 바라보고 살았던 엄마가 중학교 일학년 여름방학 때 나를 떼어놓고 서울로 간 것은 순전히 나를 공부시키기 위해서였다. 엄마도 나도 그렇게 굳건히 믿었다. 그러나 세상 물정 모르기는 엄마도 나와 다를 바 없었던 것이다.

2장
꿈의 서울로

낮에 잠을 자는 걸 못 견뎌 하던 시절이 있었다. 요즘이야 시도 때도 없이 일하는 젊은이들은 벌건 대낮에 잠을 자도 누구 하나 탓하지 않는다. 늙은 부모들만 안달하다가 지쳐 떨어질 뿐 하소연이라도 할라치면 요즘 애들은 다 그래, 하는 말이 돌아올 뿐이다.

하루 이십사 시간 가동을 하던 방직공장이었다. 전국 각지의 촌에서 희망이라는 보따리 하나 품에 안고 상경한 여자애들은 으레 방직공장으로 모여들었다. 섬유산업이 날로 번창하고 있어서 공장의 바깥벽에는 한 달이 멀다 하고 양성공을 뽑는 벽보가 나붙었다. 원공이 되기 전에 양성공 시절을 육 개월 거쳐야 했다. 양성공은 일당 육십 원짜리였다.

서울에서 시집을 왔던 숙모는 쌀 한 말과 김장 김치 댓 포기를 꾸려서 나를 데리고 합동 차부로 갔다. 나는 떼 한번 써보지 못하고 서울행 버스에 탔다. 서울만 가면 밥벌이뿐 아니라 시집갈 밑천까지 톡톡히 장만할 수 있다는 거였다. 나는 합동 차부를 싫어했다. 그쪽으로 갈 일이 있으면 멀리 돌아서 가더라도 차부 앞을 지나가지 않았다. 아픈 기억이 나를 찌르기 때문이었다. 명절이면 서울 갔던 사람들이 손에 손에 선물 꾸러미를 들고 합동 차부에 내렸다. 서울서 오는 막차가 끊어질 때까지 차부의 썰렁한 대합실에서 엄마를 기다렸지만 엄마는 오지 않았다. 그 차부에서 나는 등 떠밀려 고향을 떠났다.

　나는 엄마가 사는 서울이 싫었다. 서울 가서 떼돈을 번다고 하더라도 가고 싶지 않았다. 서울에서 살면 엄마처럼 매정한 사람이 될 것만 같았다. 내 생각이나 내 의견 따위는 우리 집의 전권을 쥐게 된 숙모에 의해 묵살되었다. 나는 서울에서 방직공장에 다닌다는 먼 친척 언니의 주소만 달랑 들고 용산 시외버스터미널에 짐짝처럼 부려졌다. 세 사람에게 물어서야 겨우 봉천동행 버스를 탈 수 있었다. 서울 버스는 성질도 급했다. 내가 발판에 발을 올려놓기가 무섭게 차장이 오라이를 외쳤고 동시에 버스가 출발하는 바람에 나는 쌀자루와 함께 버스 밑으로 굴러 들어갔다. 아슬아슬하게도 뒷바퀴가 내 쌀자루를 밟지 않고 멈춰 섰다. 나는 버스 밑에서 기어나와 얼이 빠져서 멍하니 서 있던 차장을 밀치고 버스에 올라

탔다. 이 버스 봉천동 가는 거 맞지유? 나는 죽을 수도 있었
던 걸 까맣게 모르고 다만 버스를 옳게 잡아탄 것에만 안도했
다. 봉천동 버스 종점에서도 한 시간을 헤맨 끝에 주소에 적
힌 문 앞에 설 수 있었다. 동장군이 기세를 떨치던 1월 초였
다. 운동화를 신은 발이 오그라드는 것 같았다. 산을 깎아서
층계처럼 만든 곳곳에 국방색 텐트가 처져 있었고 텐트마다
번지수가 매달려 있었다. 다행히 내가 기진 주소는 시멘트 블
록을 쌓아 지은 집이었다. 문을 두드려도 아무런 기척이 없었
다. 해가 꼴깍 넘어가고 어두워지도록 아무도 나타나지 않았
다. 모두 공장에 간 모양이었다. 쌀자루에 걸터앉아 깜빡 잠
이 들었나 싶을 때 누군가가 나를 흔들었다. 서울살이한다고
이태 전에 고향을 떠났던 친척 아줌마가 물지게를 지고 놀란
눈으로 나를 내려다보고 있었다. 그 뒤로 손이 빨갛게 언 남
자아이 둘이 나를 살펴보았다.

"미자 니가 여긴 웬일이냐?"

"영자 언니 공장에 들어가려구유."

"근데 왜 일루 왔어? 공장으로 가야지. 하여간 어서 들어
와. 동태가 다 됐구나."

"언니네 집에서 적어준 주소 보구 찾아온 건디유?"

"응, 거처가 정해지기 전이라 우리 집 주소로 연락을 해서
그래. 내가 공장 주소 아니까 내일 찾아가면 돼. 어여 들어오
기나 혀."

아이들이 종일 줄을 섰는데 다섯시에 온다는 급수차가 이제야 와서 물을 받아 왔다고 했다. 그 물 한 지게로 하루를 살아야 한다고. 연탄불도 꺼져 있었다. 아줌마는 화덕을 내다 놓고 나뭇가지에 불을 붙여 연탄불을 피우느라고 온 집 안에 연기가 가득했다.

"저리 비켜유. 불은 내가 피울게유."

"그럴래?"

한 사람이 엉덩이를 돌리기도 어려운 비좁은 부엌이었다. 이렇게 살아도 서울이 좋은 걸까. 화덕에 부채질하자 눈이 따끔거렸다. 연탄은 매캐한 연기를 뿜어 올릴 뿐 불이 쉬이 붙지 않았다.

방바닥에 깔아놓은 캐시밀론 이불을 들춰보았지만 방바닥은 사람 덕을 보려고 들었다. 남자아이 둘은 장난을 치느라고 추운 줄도 모르는 것 같았다. 아줌마는 쌀을 씻어 석유곤로에 올려놓으며 내 눈치를 보았다.

"고향에 가게 되더라도 암말두 말어. 서울 사람들 다 이렇게 사는겨. 우선 아쉬운 대로 방 한 칸을 들였지만 봄이 되면 방 한 칸을 달아내서 세를 줄 거야. 세를 받으면 셈이 좀 피겠지. 애들 아부지가 공사장에서 허릴 삐끗하는 바람에 한참 놀았지 뭐야."

지난 추석에 아줌마네가 좍 빼입고 내려왔을 때는 저마다 벌린 입을 다물지 못했다. 어떻게 해서든지 줄을 달아 서울로 올라가려고 벼르는 친척들이 여럿이었다.

네 식구 틈에 끼어 서울의 첫 밤을 지내고 아침 일찍 집을 나섰다. 봉천동에서 곧바로 신대방동 가는 버스는 없으니 차라리 걸어가는 게 낫다는 말에 나는 쌀자루를 들고 걸어서 고개를 넘기로 했다. 촌년에게 십 리 길쯤은 아무것도 아니다. 땅속으로 기어들듯이 쳐진 텐트 앞에서 꾀죄죄한 아이들이 놀고 있었다. 나는 애써 눈길을 멀리 두며 물어물어 공장을 찾아 나섰다. 길눈이 어두운 편은 아니어서 점심시간 전에 공장을 찾을 수 있었다. 방직공장의 경비실은 따뜻했지만 경비원은 무서웠다. 공연히 으르딱딱거리는 건 순전히 금테 두른 모자를 쓴 탓인 것 같았다. 영자 언니가 속한 C반은 낮 두 시에 작업이 끝날 거라고 했다. 나는 면회실의 딱딱한 나무의자에서 마냥 기다렸다. 어디선가 달콤한 빵 냄새가 솔솔 났다. 배 속의 회가 동해서 난리를 쳤다. 나는 일어나서 서성거렸다. 경비원이 면회실을 들여다보며 가만히 앉아 있지 왜 자꾸 왔다 갔다 하느냐며 소리를 쳤다. 별일이네, 남이야 걸어다니든 앉았든 자기와 무슨 상관이라고. 촌것이라고 얕잡아보는 수작이 틀림없었다. 나는 경비원을 똑바로 보며 목소리를 높였다.

"아자씨, 여기 어디 빵공장 있어유? 빵 냄새 때문에 환장허겠네유."

"어쭈, 이 아가씨 보게. 개코일세 그려. 바로 요 아래가 삼립빵공장이야."

"워쩐지, 앞으로 빵은 실컷 먹겠구먼유."

"아가씨도 여기 취직하러 왔나?"

"그럼 놀러 왔을게비유?"

"거참 당돌한 아가씨네."

경비원이 입맛을 다시며 경비실로 돌아갔다. 나는 경비원을 물리친 것에 흡족했다. 촌것이라고 얕봤다가는 큰코다칠 줄 알아라. 나는 다짐했다. 절대 기죽지 않겠다고.

두시가 되어가는지 회색 작업복에 흰 앞치마를 두른 여공들이 속속 면회실 앞을 지나갔다. 더러 젊은 남자 공원들도 눈에 띄었다. 벨 소리가 길게 울리자 사람들이 공장에서 쏟아져 나왔다. 시골 초등학교 운동장만 한 공장 앞 너른 마당을 가득 메우며 사람들이 몰려나오자 나는 기겁을 했다. 영자 언니를 못 찾으면 어떻게 하나. 나는 경비실 앞에 섰다.

"아가씨, 저리 비켜. 여공들은 저쪽으로 나오니까 저쪽으로 가라구."

아까 그 경비원이 또 나서서 타박이었다. 나는 입을 한번 비죽이고는 경비원이 가리키는 곳으로 가보았다. 여공들이 두 줄로 서 있었고, 여자 경비원이 한 사람씩 여공들의 몸을 훑어 내렸다. 대부분 무사통과되었지만 잊어버리고 앞치마에 쪽가위를 넣어가지고 나오던 여공들이 한쪽에 서서 무언가를 작성하고 있었다. 사람을 무조건 도둑으로 보는 게 틀림없었

다. 나는 누가 내 몸을 훑어 내리기라도 하는 것처럼 몸이 뻣
뻣해졌다. 영자 언니는 맨 마지막으로 나왔다.

"어머, 미자 니가 웬일이니?"

언니는 서울 물 먹은 지 한 달 새에 말끝에 유 자를 떼어버
렸다. 나는 그런 언니가 얄미웠다.

"응, 나도 공장 다닐려구."

"잘 왔다 애. 시골 있어봤자 겨우 농사꾼 마누라나 되시
뭐. 근데, 너 방 얻을 돈은 가져왔니?"

"돈? 아니."

"애 좀 봐라. 그럼 맨몸으로 왔단 말야?"

"저기, 쌀하구 김치하구 갖구 왔는디?"

"애, 애, 애 좀 봐라. 다행히 내일 양성공을 뽑는다니까 취
직이야 되겠지만서두. 그래 당장 오늘 어디서 잘래?"

"언니랑 자면 안 돼?"

"여기가 시골 사랑방이라도 되는 줄 알아? 하여튼 우선 내
사는 데로 가서 사정 좀 해보자. 사정이구 뭐구 어디 발 뻗을
데가 있어야 말이지."

나는 쌀자루를 들고 영자 언니 뒤를 따랐다. 쌀자루가 유
난히 무거웠다. 언니가 사는 집은 시골집과 진배없었다. 말
이 서울이지 대문 밖으로 휑한 논이 넓디넓게 펼쳐져 있었다.
외양간이었던 자리에 방을 들인 것 같았다. 손바닥만 한 방
에 ABC조 여섯 명이 산다고 했다. 밥은 조별로 해 먹고 방값

이며 연탄값, 기타 자잘한 것들은 인원수대로 나눠서 똑같이 부담한다는 것이다. 한 조는 자고 있고, 한 조는 공장에 가 있고, 한 조만 살금살금 밥을 해 먹든지 책을 보든지 하는 모양이었다. 나는 서둘러 쌀자루를 풀었다.

"언니, 오늘 밥은 이걸로 해."

"오늘은 할 수 없으니까 여기서 끼어 자고, 내일 어디 있을 데 알아봐. 보다시피 어디 누울 데나 있냐."

그 방에서 제일 오래됐다는 나이 들어 보이는 언니가 그날 밤의 잠자리를 허락했다. 방바닥에 신문지를 깔고, 김치 한 보시기와 김치찌개 냄비를 가운데 두고 다섯이 둘러앉았다. 말 한마디를 않고 후딱 밥을 먹어치운 넷은 내가 설거지를 하고 방으로 들어오기를 기다렸다는 듯이 차례차례 누웠다. 넷이 눕고 나니 내가 앉아 있을 자리라고는 없었다.

"애, 애, 다들 모로 누워."

나이 많은 언니의 말에 다들 옆으로 돌아눕자 겨우 발이라도 끼워 넣을 수 있는 틈이 생겼다. 나는 발치에 쭈그리고 앉았다. 방바닥은 냉골이었다. 나는 이불자락을 슬며시 끌어다가 깔고 앉았다.

"애, 너두 어떻게 누워봐. 꽉 끼어서 자면 춥지두 않구 괜찮아. 어서 누워."

영자 언니가 다른 이들 눈치를 보아가며 내게 누우라고 했지만 나는 몸을 누일 수가 없었다. 시계가 아홉시 반을 가리

키자 요란한 자명종 소리에 죽은 듯이 누웠던 두 사람이 부스스 일어나서 작업복을 챙겨 입었다. 그들이 방을 나가자 나는 슬그머니 자리에 누웠다. 비가 새는지 얼룩덜룩한 천장에 신문지가 덕지덕지 발라져 있었다. 사방연속무늬 벽지가 발라져 있었던 흔적이 더러 보였지만 가로세로 아무렇게나 발라진 신문지에 찍힌 박정희 대통령의 사진 위에도 쥐 오줌 같은 얼룩이 번져 있었다.

열시가 조금 지나자 잿빛 작업복 차림의 여공 둘이 들어왔다. 나는 벌떡 일어나서 꾸벅 절을 했다. 그들은 나를 힐끔 보고도 아무 말 없이 이부자리로 파고들었다. 나는 다시 그들의 발치에 쪼그려 앉았다. 그들은 거짓말처럼 금세 잠이 들었다. 나는 벽에 등을 기대고 발을 뻗었다. 내일 다섯시면 두 자리가 빌 것이다. 그때는 염치 불고하고 누워볼 작정을 했다. 서울이 좋다더니, 냉골에서 발도 시원히 뻗지 못하고 칼잠을 자는 게 무에 그리 좋을까. 그러고도 명절이면 양손에 선물 꾸러미를 들고 눈에 번쩍 띄게 좋은 옷을 입고 내려와서 시골 사람들의 선망을 받던 서울 사람들. 그 선망의 눈길이 자랑스러워서 이 고생을 하는지도 모르겠다는 생각이 들자 비시시 웃음이 비어져 나왔다. 어쨌거나 나도 이제 서울 사람이 될 판이 아닌가.

그렇게 쭈그리고 앉았다가 어찌 잠이 들었던가 보았다.

"얘, 얘, 언니는 지금 일 나가야 하니까 이따가 열시 되기

전에 공장으로 와. 시험은 보나 마나야. 사지육신만 멀쩡하면 취직이 되는 거니까. 니가 우리 방적과로 왔으면 좋겠다 얘."

나는 반쯤 뜨다 만 눈을 비비며 언니의 말을 귀담아들었다.

아침이 되자 오후 두시에 출근할 두 사람이 일어나서 밥을 지을 채비를 했다. 나는 얼른 내 쌀자루를 풀었고 그들은 두말없이 그 쌀로 밥을 지어서 어제저녁에 먹다 남은 김치찌개를 데워서 묵묵히 밥을 먹었다. 두 사람이 잠들어 있어서 셋이 둘러앉아 밥을 먹는 일이 여간 옹색하지 않았다. 나는 밥을 제대로 씹지도 못하고 꿀떡꿀떡 삼키고 일어났다. 후다닥 설거지를 해치우고 방에 멀거니 앉았기도 뻘쭘해서 방을 나왔다. 대문 밖은 시골 풍경과 다를 것이 없었다. 논에서 개구쟁이들이 썰매를 타며 놀고 있고, 곰방대를 입에 문 영감들이 논둑에 쭈그리고 앉아서 아이들을 물끄러미 바라보고 있었다.

"못 보던 처녀네. 취직하러 왔우? 그래, 어디서 왔나?"

심심했던지 토끼털 귀마개를 한 영감이 내게 말을 걸었다.

"충청도에서 왔는디유."

"그려유? 여기는 전라도 처녀들이 많은데 충청도에서 왔구먼유?"

영감은 금세 충청도 사투리를 흉내 내며 재미있어했다. 나는 불현듯이 돌아가신 할아버지 생각이 났다.

"할아버지, 여기는 서울이래두 시골과 별반 다르지 않네유."

"그럼, 아직두 농사짓는 집이 태반이야. 말이 좋아 서울이지. 자꾸 공장이 들어서는 바람에 농토 값이 올라서 그깟 돈두 되지 않는 농사짓느니 땅 팔아서 편하게 살자는 사람이 많지만, 얼마 못 가 손 털구 공장떼기나 되구 말지 뭐. 뭐니 뭐니 해두 농군은 그저 땅을 파먹구 사는 게 제일인데 세상이 어떻게 돼가는 꼴인지 원. 그런데 처녀두 동생들 공부시키려구 돈 벌러 왔나?"

"아녀유. 지는 동생 읐어유. 지 공부나 할 수 있으면 좋겠지만서두……"

"그게 그리 쉽지가 않네. 서울은 눈 뜬 사람 코 베어 가는 데라는 말 못 들어봤나? 정신 번쩍 차리지 않으면 돈두 못 벌고 몸 망치는 데가 서울이야. 처음에야 공장으로 들어가지. 공장 일이라는 게 얼마나 고된지 그걸 못 견디고 술집으로 빠지는 처녀들이 부지기수라네. 내 막내딸 같아서 하는 말이니까 늙은이 잔소리로 듣지 말고 명심해야 해."

"할아버지 고마워유."

나는 고개를 꾸벅하고 공장으로 발걸음을 옮겼다. 그렇게 봐서 그런지 골목은 우중충하고, 여기저기 내다 쌓아놓은 연탄재며 함부로 버린 쓰레기가 바람에 몰려다녔다. 누군가가 나를 이 황량한 곳에 주인 없는 짐짝처럼 부려놓고 가버린 느낌이 들었다.

공장 앞에는 내남없이 촌티가 줄줄 나는 여자애들이 옹기종기 서 있었다. 나는 경비원에게 인사를 하고 면회실로 들어갔다. 어제 안면을 터서인지 경비원은 아무 말도 하지 않았다. 면회실은 스팀이 들어와서 따뜻했다. 담벼락에 붙어 서 있는 애들을 불러들일 생각을 잠깐 했지만 인원이 너무 많았다.

열시가 되자 작업복을 입은 남자가 나와서 우리를 데리고 공장 안으로 들어갔다. 나도 면회실에서 나와 뒤를 따랐다. 남자는 우리를 운동장에 두 줄로 세우고는 종이를 한 장씩 나눠주었다. 주소, 성명, 생년월일, 부모님 한자 성명과 생년월일, 아라비아 숫자 10까지 쓰기. 그리고 알파벳을 순서대로 쓰기가 다였다. 우리는 쭈그리고 앉아서 곱은 손으로 남의 등에 대고 그것들을 써넣었다. 종이를 거둬들인 남자를 따라 의무실로 가서 키와 몸무게를 재고 시력과 색맹검사를 했다. 그 틈틈이 우리는 남자에게 이런저런 질문을 받았다. 누구 소개로 왔느냐, 누구랑 사느냐, 식구가 몇이냐, 몇 마지기나 농사를 짓느냐 등등 하찮은 질문이었다. 내게는 엉뚱하게도 어머니가 몇 살에 나를 낳았느냐고 물었다. 나는 계산해보지 않아서 잘 모르겠다고 대답했다. 어머니 나이 열여덟에 나를 낳고, 그해에 아버지는 전쟁에 끌려가서 소식이 끊기고, 어머니는 내가 중학교 일학년 여름방학 때 재가했다. 나는 부모의 인적 사항을 빠짐없이 채웠다. 만일 호적등본을 내라면 들통 나겠지만, 초장부터 고아 대접을 받는 건 죽기보다 싫었다. 나는 누가 내 가족에 대해서 물으면 공연히 화를 내는 버릇이 있었다. 남자는 실실 웃었다. 나는 더 화가 났다. 신체검사를 마친 우리는 다시 운동장에 도열했다. 그는 우리를 열 명씩 끊어서 축구 골대를 한 바퀴씩 돌아서 뛰어오라고 했다.

모두 죽기 살기로 뛰어나갔다. 내 차례가 되자 나는 나를 앞질러 가는 이들 뒤를 어슬렁어슬렁 걸어서 축구 골대를 돌아 왔다. 잔뜩 화가 난데다가 워낙 달리기에 젬병이었기에 뛰지 않았다.

"이봐, 너 이리로 와."

남자는 대뜸 반말이었다.

"너, 왜 안 뛰어?"

"지는 뛰어봤자 꼴찌여유. 한 번두 일등을 못해봤시유."

"어쭈?"

남자는 재미있다는 표정으로 나를 쳐다보고 종이를 한번 들여다보더니 저기 가서 서 있으라고 하고는 다음 사람 이름을 불렀다. 아무래도 공원이 되기는 틀린 것 같았다. 그까짓 공원이나 되겠다고 죽기 살기로 뛴다는 게 왠지 서글펐다. 숙모가 무어라고 하든, 당장이라도 집으로 돌아가서 하던 공무원 시험공부나 마저 해야지. 마음을 정하고 나니 되레 여유가 생겨서 뒤뚱거리며 달려가는 이들의 엉덩이를 보며 웃기까지 했다.

달리기를 마친 우리를 운동장에 세워둔 채 남자는 사무실로 들어가버렸다. 한참 있다가 다시 나온 남자가 내 이름 하나만을 불렀다. 드디어 떨어졌구나. 나는 주춤주춤 앞으로 나갔다. 사람들의 시선이 내게로 모였다. 나는 남자를 따라서 사무실로 들어갔다. 감색 가운에 흰 칼라를 단 여사무원들이 나를 둘러서서 한참을 훑어보았다. 그 시선들이 곱지 않았다. 왠지 발가벗고 선 기분이 들었다. 남자가 나더러 밖에서 기다리라고 했다. 잠시 뒤에 나온 남자가 내 머리통을 쥐어박았다.

"요놈, 똑똑해 보여서 사환으로 쓰라고 했더니 너무 건방져 보여서 안 된단다. 현장으로나 가야겠다."

나는 검사과로 뽑힌 여자애들 틈에 가서 줄을 섰다. 현장에서 조장이 데리러 올 때까지 기다려야 한다고 했다. 그제야 정신이 번쩍 났다. 당장 오늘 밤에 어디서 자야 하나? 얘, 너는 어디서 사니? 나는 불문곡직하고 바로 앞에 서 있는 여자애부터 붙들고 사정하기 시작했다. 뒤에 섰던 애도 그 뒤의 애도 고개를 저었다. 그네들이나 나나 사정은 비슷비슷했다. 겨우 끼어 있는 형국들이었다.

"얘, 너 있을 데 없니? 우리랑 살 텨?"

저쪽 염색과 줄에 서 있던 애가 내게 말을 걸었다. 언니랑 둘이 자취하고 있는데 언니한테 한번 말을 해보겠다는 거였다. 나는 구세주를 만난 듯이 그녀에게 찰싹 달라붙었다. 절대로 폐가 되지 않도록 방값을 내겠다고 했다.

"방이 꽤 넓으니까 아마 괜찮다고 할 거야. 그 대신 밥이랑 청소랑 빨래는 네가 다 해야 할 걸?"

"그게 문제겠어? 걱정 말어. 내가 다 할 테니께."

큰소리는 쳤지만 집에서 어쩌다 밥을 할 때면 으레 삼층밥이었고, 빨래라고는 해본 적도 없었다.

"얘, 이따가 경비실 앞에서 꼭 기다려야 혀."

나는 염색과 쪽으로 가는 그 애에게 다시 당부했다.

현장의 문을 열자 폭포수처럼 쏟아지는 기계 소리에 귀가 먹먹했다. 조장은 주춤하는 우리를 뒤돌아보며 씽긋 웃었다. 우리에게 무어라고 하는 것 같았으나 한마디도 알아들을 수가 없었다. 나는 B반에 배정받았다. 그 애도 B반이었으면 좋을 텐데, 같은 반이 아니라면 방을 같이 쓰자고 하지 않을지도 모른다는 생각이 들었다. 얼른 그 애를 만나고 싶었다. 회색 상하의 작업복을 받았다. 작업복에서 이상한 냄새가 났다. B반은 그 주간이 야근이었다. 당장 오늘 밤 열시부터 일을 해야 한다고 했다. 밤을 꼴딱 새워야 한다. 잠을 제대로 자지 못하면 종일 정신을 못 차리는 내가 과연 밤을 새워 일을 할 수가 있을까. 다행히도 검사과에는 기계가 없었다. 철봉 같은 데다 실타래를 걸어놓고 염색이 잘됐나 잘못됐나 검사해서 창고과로 넘기는 게 일이라고 했다.

A반에 배정받은 사람은 그날 두시부터 근무라고 했다. 나는 밤 열시까지는 시간이 있었다. 경비실 앞에서 염색과로 간 애를 눈이 빠지게 기다렸다. 다른 애들은 다 나오는데 그 애만 나오지 않았다. 애가 탔다. 한 시간이나 기다린 끝에 그 애가 나왔다.

"왜 인저 나오는겨? 너 먼저 간 줄 알고 얼마나 애가 탔는지 알어? 너 무슨 반 됐어?"

"나? B반."

"잘됐쟈어. 나두 B반이여. 큰 인연이구먼. 이렇게 척척 맞는 걸 보믄."

"인연은 무슨. 우리 언니가 염색과 C반 반장이야. 그래서 네 얘기 하느라고 늦었어."

"그려? 날 받아준댜?"

"그래. 내가 말 잘해놨어. 아주 똑똑한 애라구. 검사과는 눈두 좋고 똑똑한 애만 가는 거래. 게다가 너는 사환으로까지 뽑혔었잖아?"

"그걸 어떻게 알었어?"

"애들이 그러던데 뭘. 사무실로 데려가면 사환으로 뽑히는 거래. 공장에서 일 안 하고 잘하면 학교도 다닐 수 있대. 근데, 너 왜 그냥 현장으로 왔니?"

"지지배들이 빠꾸놨어. 내가 뭐 건방지게 생겼다나. 어디서 바보 등신이나 데려다가 사환으로 부려먹든지. 고등학교 나왔다고 빼기는 거여 뭐여. 내 드러워서. 근디, 공장 댕기면서 핵교 댕기는 애는 읎댜?"

"애 좀 봐. 삼교댄데 어떻게 다니니? 너, 학교 다닐려구? 나는 공부라면 질색인데. 하얀 칼라 달린 교복은 입고 싶지만서두. 나는 이담에 가수 할 거야. 돈 모아서 가수학원에 다녀야지."

"가수학원? 그런 것두 있냐?"

"히히, 실은 몰러. 서울에는 양재학원두 있구 미용학원두 있다는데 가수학원두 있겠지 뭐."

"허긴 그렇겄다. 여긴 서울이니께. 그런데, 어짜냐? 내 짐을 가지고 느이 집으로 가야겄는디."

"같이 가지 뭐."

"너는 고향이 워디여?"

"전라도 순천이야."

"근디, 거게는 사투리 안 쓰나벼?"

"안 쓰기는, 내가 연속극 들으면서 을마나 연습했게? 서울 것덜은 말뽄새만 보고도 사람을 얕잡아 본대잖여."

"그럼 우선 통성명이나 혀볼까? 나는 이미자여. 너는?"

"호호, 가수 이미자? 너, 그거 본명이니? 나는 은수여. 김은수. 원래는 삼순인데 내가 바꿨어. 우리 언니도 삼숙인데 은미로 바꿨거든. 삼순이 하면 단박에 촌년 티가 줄줄 나지 않니? 너두 이참에 확 바꿔버려. 뭐가 좋을까? 은오루 할래? 은오, 좋다 애. 이름에서 지성미가 팍팍 풍기잖아?"

"부모님이 지어주신 이름을 함부로 막 바꿔?"

"어때, 부모님이 아시나 뭐? 여기서 우리끼리만 부르면 됐지. 아유 나는 누가 나를 삼순아, 하고 부르기만 해도 화가 나."

"삼순이가 어때서? 부르기 좋고, 정답기만 하구먼."

"애, 너 삼순이라고 부르려면 우리 집에 오지도 말아."

"아녀, 은수라고 부를겨. 은수야, 은수야. 히히……"

"은오야, 은오야. 히히히…… 우리 꼭 자매 같다 그치?"

나는 얼떨결에 이름까지 얻어서 은수네 집에 가방을 들여놓을 수 있었다. 은수네는 고향에서도 제법 사는 눈치였다. 딸이라고 고등 공부는 시키지 않고 중학교만 졸업하면 일찌감치 공장으로 내몰아서 돈을 벌게 하긴 했지만 오빠는 대학교에 다니다가 군대에 갔다고 했다.

두시에 퇴근해 돌아온 은미 언니는 후덕한 것 같았다. 조장으로 관록이 붙어서 그런지 공장 생활에 대해서도 차근차근 설명해주고 우리 검사과 조장과도 잘 아니까 특별히 부탁해주겠다고도 했다. 나는 서울 생활 셋째 날에서야 두 다리를 쭉 뻗고 잠을 잘 수가 있었지만, 그것도 복이라고 첫날부터 야근이었다. 나는 은수와 나란히 손을 잡고 첫 출근을 했다.

검사과의 B반에 배정된 애는 단 둘이었다. 조장은 쌀쌀맞기 이를 데 없어 보였다. 우리를 한쪽 구석에 세워놓고 쪽가위 하나와 실꾸리 하나씩을 준 다음 실을 끊어서 잇는 걸 가르쳐주었다. 우리는 똑바로 서서 서툰 솜씨로 실을 끊어서 잇는 것을 반복했다. 다른 공원들이 우리를 힐끔힐끔 쳐다보았다. 그들은 기다란 철봉 같은 데다 커다란 실타래를 걸어놓고 빙글빙글 돌리면서 염색이 잘못된 곳을 찾아내어 실을 끊어내고 이었다. 그 일에 익숙한 그들은 먼지가 보얗게 이는 것도 아랑곳하지 않고 줄곧 무슨 이야기를 하거나 노래를 불렀다.

공장 일이란 것도 별거 아니구나 하는 생각이 들기가 무섭게 다리가 아파왔다.

"저, 화장실에 가고 싶은디유."

"아니, 어느새 화장실? 애, 너 쟤 좀 화장실에 데려다줘라. 애, 너도 아주 같이 다녀와. 화장실에서 노닥거리지 말고 볼일 보면 바로 와."

조장 언니의 쌀쌀맞은 목소리에 오줌이 도로 들어가려는 것 같았다.

화장실 벽은 어지러운 낙서로 빈 벽이 보이지 않았다. 수세식이기는 한데 변기로 시냇물처럼 쉼 없이 물이 흘러가는 특이한 구조였다. 내 오줌에 섞여서 남의 똥덩이가 둥둥 흘러갔다.

"야, 야, 나와. 거기서 자는 년들, 당장 나오지 못해? 기계가 섰잖아?"

화장실 문을 발로 차는 소리와 날카로운 호루라기 소리가 들렸다. 나는 놀라서 얼른 화장실 문을 열었다. 옆 칸에서 코 고는 소리가 들렸다. 세상에, 똥간에서 잠을 자다니 얼마나 졸렸으면…… 그것도 봐주지 않고 들이닥쳐서 호령을 하는 건 또 무슨 일인가. 서울 인심이 고약하다더니 역시 고약하구나. 나 역시 다리가 아픈 건 둘째 치고라도 감기는 눈꺼풀 때문에 애를 먹었다. 겨우 두 시간이 지났을 뿐인데……

"언니, 화장실이 이상해유. 저렇게 물이 줄줄 흘러내리면 수도세를 워치키 감당한대유?"

"참, 너는 걱정두 팔자다. 공장 폐수를 화장실로 돌리는 거야. 실 한 오라기, 쪽가위 하나까지 공원들이 가져갈까 봐 줄 세워놓고 몸수색을 하는 공장인데 물 한 방울인들 허투루 쓰겠니?"

그 말을 듣고 공장을 둘러보니 기계가 내지르는 굉음이 더 무섭게 들렸다.

따르르르릉…… 길게 벨이 울리자 모든 기계 소리가 일제히 멈췄다. 와, 이 적막감. 식사 시간이었다.

나는 조장 언니의 뒤를 따라 식당으로 갔다. 식당의 배식구 앞에 긴 줄이 늘어서 있었다. 난생처음 보는 식판에다 밥을 받았다. 밥과 시래기 된장국과 김치와 콩나물. 정부미로 밥을 지었는지 밥알이 입안에서 뱅뱅 돌며 목구멍으로 넘어가지 않았다.

"왜, 못 먹겠니?"

조장이 나를 보고 있었는지 한마디 했다.

"아니에요."

나는 국에 밥을 말아 마구 퍼 넣다 말고 식판 위에 고개를 숙이고 부지런히 야식을 먹고 있는 회색의 무리들을 무슨 짐승이나 되는 것처럼 바라보았다.

공장은 밥 먹는 시간에만 잠시 멈추고 이십사 시간 동안 쉼 없이 돌아가는 모양새였다. 검사과와 마주 보이는 방적과 공원들은 굉음을 내며 돌아가는 기계에 달라붙어서 끊어진 실을 잇기도 하고 다 감긴 실꾸리를 바구니에 던져놓기도 했다. 여덟 시간은 길고도 길었다. 다리에 쥐가 나고 같은 동작을 반복하는 손가락이 뻣뻣해졌다. 조장은 책상 앞에 앉아서 우리를 감시하는 듯했다.

나는 선 채로 꾸벅꾸벅 졸다가 옆에 섰던 애에게로 고꾸라졌다.

"어머, 얘! 정신 차려."

얼떨결에 나를 껴안은 애가 소리를 쳤다.

"야, 거기. 너네 둘. 이리 와."

조장 언니의 날카로운 목소리에 정신이 번쩍 들었다.

"애네들이 이거 이거, 첫날부터 기가 빠져가지구. 이래서 공장살이 하겠어? 못하겠으면 당장 고향으로 돌아가. 졸다가 기계에 딸려 들어가서 애꿎은 남의 신세 망쳐놓지 말구."

"예? 여기는 기계 없는디유?"

"엇쭈, 주제에 말대꾸하는 것 좀 봐라. 다행인 줄 알아. 방적과였으면 벌써 손가락 날아갔어."

"손가락이유?"

나는 얼른 손가락을 감쌌다.

"어유, 겁은 많아가지구. 너, 언제 올라왔어?"

"그저께 왔는디유."

"어리바리한 게 어쩐지 그런 거 같더라. 졸리지? 졸리면 노래를 불러. 저 언니들 먼지 먹는 거 알면서도 노래하는 거야.

졸려서. 밤을 새워 일하는데 왜 안 졸리겠니? 졸려도 참고 일해야 공장이 돌아가지. 야근 안 하면 월급도 얼마 안 돼."

조장의 훈시를 듣는 동안 C반 근무자들이 하나둘 들어와서 일감을 붙들었다. 곧 길게 벨이 울렸다. 교대 시간이었다.

밖은 아직도 깜깜했다. 여자 경비원에게 온몸 수색을 당하고 나와서 은수를 기다렸다. 파리해진 얼굴의 은수가 반색하며 달려 나왔다.

"은오야, 어땠어? 안 졸았어?"

"안 졸긴, 졸다가 고꾸라지는 바람에 조장 언니한테 된통 혼났어."

"히히, 나도 졸다가 혼났는데. 나는 그래도 언니 빽이 있어서 살살 혼나기는 했어. 너, 그래서 울었어?"

"울긴? 눈물이 나려다가 쏙 들어갔지. 우리 조장 언니 얼마나 무섭게? 으으 추워. 뛰어갈 텨?"

"그래 뛰어가자."

우리는 동이 트는 골목길을 단숨에 달려갔다.

"우리 추운데 씻지 말고 그냥 잘래?"

"그래, 언니도 없는데 뭐."

우리는 죽이 맞아서 씻지도 않고 은미 언니가 깔아놓은 이불 속으로 들어가자마자 잠이 들어버렸다. 1968년 1월, 우리는 가슴에 막연한 꿈을 품고 잠이 드는 낭랑 십팔 세였다.

"은수야, 은수야. 아이구 얘들이 아주 한밤중이네. 자더라도 연탄불은 보고 자야지. 연탄불 꺼졌잖아. 얼른 일어나서 안집에 밑불 있나 보고 얻어와."

은수도 나도 잠이 덜 깬 채로 일어나서 우두커니 앉아 있었다.

"큰일이네. 저래가지구 어떻게 야근을 하려나. 너네 밥도 안 지어 먹었지?"

은수가 간신히 고개를 끄덕이고 다시 이불 속으로 파고들었다.

"저, 연탄불은 어떻게 보는 거여유?"

"애 좀 봐라. 너, 연탄불도 안 갈아봤어?"

"집에 연탄아궁이가 있긴 한데 할머니가 연탄 내 맡는다고 못 들여다보게 했어유."

"공주님 나셨네. 너, 일루 나와봐. 연탄불도 못 갈아본 애가 어쩌려구 올라왔어?"

"잘 가르쳐주셔유. 지가 배우는 건 잘해유."

"아이구, 넙죽넙죽 말은 잘하네. 내가 정신이 나갔지, 동생 하나 건사하기도 어려운데 어쩌자구 저런 촌년을 받아들였을까."

은미 언니는 말은 그렇게 했지만 나를 데리고 안집에 가서 밑불을 얻어다가 연탄 가는 거며 자질구레한 부엌일을 자상하게 알려주었다. 언니가 있는 은수가 부러웠다. 은미 언니는 서둘러 쌀을 씻어서 석유곤로에다 냄비밥을 지었다.

"우리 은수하고 잘 지내. 배고픈 거 못 참는 애가 밥도 안 먹고 잠에 곯아떨어졌네. 은수야, 그만 일어나 밥 먹어야지."

반찬이라고는 김치 하나뿐이었지만 우리는 동그란 양은 밥상에 둘러앉아 늦은 점심을 뚝딱 먹어치웠다.

밥상을 물리고 나서야 방 안 풍경이 눈에 들어왔다. 창문 아래 앉은뱅이책상 하나, 그 위에 자그마한 소녀의 기도 액자, 지퍼가 열린 채 서 있는 비닐 옷장, 내 초라한 검정색 가방이 벽에 바짝 붙어 있었다. 이부자리는 아랫목에 늘 깔아놓는 한 채뿐인 것 같았다.

"짐은 저게 다니?"

"예."

나는 가방보다 더 조그맣게 쪼그라들어서 겨우 대답을 했다.

"은오야, 우선은 우리 이불 덮고 같이 지내자. 시골에다 이불 부쳐달라고 하든지 아니면 시장에서 한 채 사든지. 그냥 여기서 사는 게 더 낫겠다. 돈은 좀 가져왔어?"

할머니가 차표 끊어주고 버스 탈 때 주머니에 몇 푼 찔러 넣어준 게 다였다. 나는 당장 잘 곳은 물론이고 이부자리도 없이 쌀 한 말과 김치 몇 포기만 들고 덩그러니 허허벌판에 버려진 신세였다. 세상살이를 몰라도 너무 모르는 맹문이었지만 세상은 뜻밖에도 따뜻하여 은수네를 붙여주었다.

"여기 공장 다니는 애들은 거의 너처럼 무작정 올라온 시골 애들이야. 서울 가면 떼돈이나 버는 줄 알고 올라오는데 공장살이 고돼서 못 견디고 내려가는 애들이 태반이야. 그래 하루 해보니 어땠어? 할 만하든?"

"첫날이라 일이랄 것두 없이 실을 끊었다 이었다 하는 것만 시키는데, 밤새 서 있으려니 다리도 아프고 무엇보다 졸려서 죽는 줄 알았어유."

"그래도 우리 공장에서 제일 편한 데가 검사과야. 염색과는 지독한 염료 냄새 때문에 코가 썩어 나간다니까. 방적과는 깜빡 졸다가 기계에 손이 딸려 들어가기도 하구. 직포과 가봐라. 기계 소리에 귀청이 떨어져 나가. 너는 방직공장이 어떤 덴 줄 알고 왔어?"

"암것두 몰르구 왔시유. 그냥 돈 벌어서 학교나 다닐 수 있으까 해서유."

"학교?"

"야간 고등학교는 다닐 수 있지 않나유?"

"꿈도 야무지네. 아서라. 쉬는 날 없이 특근하고 야근해도 방세 내고, 연탄 사고, 쌀 사고 나면 그걸로도 빠듯해. 양성공 한 달 월급이 얼만지나 알아? 천팔백 원이야. 여간 지독 떨지 않으면 돈 못 모아. 육 개월 양성공 끝나면 원공이 되는데 그래봤자 월급 얼마 안 돼. 원공 되면 기숙사에 들어갈 수 있으니까 한 달에 몇백 원은 저축할 수 있겠다. 기숙사비가 싸니까. 근데 공장 밥이 너무 형편없어서 원."

은미 언니는 안됐다는 듯이 나를 바라보았다. 몇 년이나 공장을 다녀야 조장이 되는 걸까. 언니는 시집갈 밑천이나 모았을까. 집으로 갈 수 있다면 그랬을 것이다. 나는 돌아갈 집이 없었다. 숙모가 들어온 다음부터 할머니의 귀한 손녀에서 천덕꾸러기로 전락하고 말았다. 어떡하든지 서울에서 버텨내서 혼자 살아갈 수밖에 없었다. 살다 보면 길이 열리겠지. 서울 올라온 다음 날 취직도 하고 잠자리도 구했으니 척척 맞아떨어지는 게 무언가 앞길에 서광이 비칠 것만 같은 생각까지 들었다.

눈을 부릅뜨고 야간 일을 하고 낮에는 죽은 듯이 잠자는 동안 일주일이 지나갔다. 일요일 하루를 쉬고 나면 월요일부터는 새벽 여섯시 출근으로 바뀌었다. 은수도 나도 공장 일에 차츰 익숙해졌다. 무엇보다 둘이서 죽이 잘 맞았다. 또 연탄불을 꺼뜨려서 은미 언니에게 혼이 나긴 했지만 둘이라서 서로 의지가 되었다. 석유곤로에 밥도 척척 해 먹고, 김치찌개를 끓이기도 하고, 시장에서 고등어를 사다가 연탄불에 구웠다. 우리가 밥을 해놓으면 은미 언니는 항상 칭찬했다. 삼층밥을 해놓아도, 까맣게 태운 고등어를 보고도 화를 내지 않았다. 언니가 고등어 좋아하는 건 어떻게 알고 사 왔어? 하면서 되레 흐뭇한 눈으로 은수를 바라보았다. 하지만 연탄불에만은 엄격했다. 연탄불을 꺼뜨리는 건 질서를 깨뜨리는 것이라며 혼을 냈다. 몇 번 혼이 나고 나서야 연탄불 가는 요령을 터득했다.

검사과에서 실을 검사하는 일에도 제법 익숙해질 무렵 게시판에 벽보가 붙었다. 다음 달부터 희망자에 한해서 양성공도 기숙사에 입주할 수 있다는 것이었다. 나는 얼씨구나 하고 신청을 했지만 기숙사에 들어가려면 당장 이부자리가 있어야 했다.

첫 월급으로 은미 언니의 도움을 받아 시장에서 막이불 한 채와 베개 하나를 구입했다. 기숙사에서는 이불 한 자락을 깔고 한 자락을 덮어야 하는 모양이었다. 방이 기차처럼 길지만 한방에 스무 명이 잠을 자야 하기 때문에 요 깔고 이불 덮고 할 여유가 없단다. 첫 월급으로는 부모님 속옷을 사야 한다는 얘길 들어서 두 할머니의 속옷을 사야겠다고 마음먹었는데 그럴 수 없어서 속이 상했다.

"은오야, 기숙사에 꼭 들어가야 해? 그냥 우리랑 여기서 살자. 언니, 은오한테 방값 받지 말고 여기서 살게 하면 안 돼? 응? 겨우 친해졌는데 기숙사에 들어가버리면 만날 수도 없잖아."

"은수야, 고마워. 하지만 언제까지 신세를 질 수가 없잖여. 이 은혜는 평생 잊지 못할 거여. 네가 생면부지의 내게 선뜻 잠자리를 내어줬잖어. 쉬는 날 외출해서 놀러 올게. 월급 타면 삼립빵 사서 먹고 놀자."

기숙사에 들어가는 날 은수는 눈물을 뚝뚝 흘리며 경비실까지 이불을 들어다주었다.

3장
기차 기숙사

기숙사는 최신식 삼층 건물이었다. 일층 입구에 사감실과 넓은 현관, 사감실 건너편에 큰 강당이 있었다. 사감 선생이 기숙사 규칙이 적힌 종이를 주면서 그대로 잘 따라야 배겨낼 수 있을 거라며 209호에 배정해주었다. A반은 일층, B반은 이층, C반은 삼층이었다.

계단을 오르니 긴 복도가 나왔다. 기역자 모양의 건물 한쪽에 다림질 방과 세면장과 화장실이 나란히 있고 그 맞은편에 방이 호수별로 죽 이어졌다. 201호부터 219호실까지. 복도에서 뛰지 말 것. 소등 후에는 복도에 나와 있지 말 것. 주의 사항을 적은 종이가 군데군데 붙어 있었다.

떨리는 마음으로 209호실을 노크했다.

"들어와. 노크는 무슨 얼어 죽을 노크야?"

나는 문 앞에 주춤거리고 서 있었다. 문이 벌컥 열리며 속옷 바람의 처녀가 의아한 얼굴로 나를 훑어보았다.

"저, 이 방에 새로 온 검사과 양성공입니다."

"그래? 신입이구나. 내가 이 방 방장이야. 방장 언니라고 불러. 이불은 저 끝 방문 옆에 두고 20번 캐비닛에 네 물건 넣어두면 돼."

방장 언니는 엉거주춤 서 있는 내게서 이불 둥치를 빼앗아 방문 옆에 두고 캐비닛 문을 열어주었다.

기차처럼 긴 방이었다. 한쪽 벽을 따라 길게 늘어서 있는 것은 잘 개킨 이불들이었다. 저쪽 편의 커다란 창문에는 검붉은 커튼이 드리워져 있었다.

"다들 어디 갔시유?"

"응, 강당에 테레비 보러 갔어. 오늘 '쇼쇼쇼' 하는 날이잖아."

"테레비도 있어유?"

"그럼. 애들이 테레비 땜에 기숙사 좋다는겨. 이따 네 옆자리 오면 알려주겠지만 둘씩 당번이야. 일주일씩 청소 당번. 빗자루는 밖에서 탈탈 털어서 머리카락 떼어내고, 걸레는 깨끗하게 빨아서 바짝 말려놔야 해. 안 그러면 냄새나니까. 너, 양성공이랬지? 열여덟 살? 막내니까 여기 모두 언니라고 부르면 되겠다."

캐비닛에 소지품을 넣고 이불 옆에 동그마니 앉았다. 문 안 쪽 편에 신발장이 있어서 고약한 신발 냄새가 났다. 방장 언 니 자리는 저 안쪽 창가이지 싶었다. 아무리 방이 크다지만 한방에 스무 명이나 산다는 게 믿기지 않았다. 서울살이는 아 니 공장살이는 모두 예상하지 못한 것들뿐이었다.

비누와 대야와 수건을 챙겨 들고 세면장으로 갔다. 한꺼번 에 서른 명은 세수를 할 수 있을 만큼 넓었다. 먼저들 씻고 텔 레비전을 보러 갔는지 세면장은 한가했다. 더운물도 콸콸 나 왔다. 연탄불 걱정도 없이 방바닥은 스팀이 들어와서 따뜻했 다. 이래서 서울이 좋다는 거구나.

'쇼쇼쇼'가 끝났는지 다들 우르르 몰려 들어와서 별말도 없 이 제 이불을 깔고 덮고 누웠다. 내 옆의 언니만 내게 소곤소 곤 말을 붙였다.

"얘, 너 무슨 과야? 나는 방적과야. 방장 언니는 직포과 조 장이고. 너 오기 전에는 나 혼자 청소 당번이었는데 잘됐다, 얘. 방이 커서 혼자 청소하려면 학교 골마루 청소할 때처럼 엉덩이를 들고 왔다 갔다 해야 하는데 그렇게 하면 또 방장 언니한테 혼나고. 여기서는 청소가 제일 힘들어. 그리고 수다 금지야. 말할 거 있으면 복도에 나가든지 강당으로 가야 해. 여기서 길게 떠들다 방장 언니한테 걸리면 다른 방으로 쫓겨 나. 그래도 이 방 언니가 제일 좋은 언니래."

옆자리 방적과 언니는 말을 마치자 금세 잠이 들어버렸다.

갑자기 천장의 형광등이 꺼졌다. 열시 삼십분, 소등 시간이었다. 복도의 희미한 불빛이 복도 쪽의 작은 창문으로 스며들어와 잠든 사람들의 형태가 어렴풋이 보였다. 기숙사 규칙은 소등 시간에 복도에서 책을 읽으면 퇴사였다. 복도를 왔다 갔다 하며 순찰하는 사감 선생의 슬리퍼 소리가 들렸다.

다른 언니들처럼 이불 한 자락을 깔고 한 자락을 덮고 누웠지만 잠이 오지 않았다. 어디선가 구슬픈 유행가가 들려왔다.

'타향살이 몇 해던가 손꼽아 헤어보니 고향 떠난 십여 년에 청춘만 늙어―'

눈물이 주르륵 볼을 타고 흘러내렸다. 가득 찼던 눈물샘을 유행가가 툭 건드려서 터뜨린 꼴인지, 가슴속 저 아래에서 북받친 서러움이 흐느낌이 되어 밀고 올라왔다.

"어떤 년이야? 청승 떠는 년이? 뚝 그치지 못해?"

방장 언니의 호통 소리에 울음이 쏙 들어갔다. 길고도 긴 방에 가녀린 숨소리만이 가득 들어찼다. 잠이 오지 않았다. 고향집이 그리웠다. 눈을 감고 소나기가 들이퍼붓던 마당을 그려보았다. 수챗구멍으로 미처 빠져나가지 못한 빗물이 마당 가득 들어차고, 돼지우리에서 흘러내린 지린내 나는 누리끼리한 물까지 어울려서 네모난 연못이 되어버린 마당을 바라보면 갑자기 부자가 된 기분이 들었다. 내가 들어가보기를 소원했던 부잣집 후원에 동그란 연못이 있었던 까닭이다. 마당은 빗방울이 그려낸 동그라미로 그득한데 동그란 방울은 퐁퐁 터지고 하늘에서 뚝 떨어진 미꾸라지가 펄떡펄떡 뛰기도 했다. 비가 그친 뒤에 마당으로 뛰어든 맹꽁이는 재미난 장난감이었는데 막대기로 등을 두드리면 맹꽁이는 자꾸 배를 부풀려서 공처럼 굴러다녔다. 목숨 붙은 걸 괴롭힌다고 할아버지께 호통을 듣고서야 나는 막대기를 감췄고, 맹꽁이도 수챗구멍의 풀숲으로 숨을 수 있었다. 맹꽁, 맹꽁, 맹꽁.

어느새 잠이 들었던가 보았다.

따르르르릉……

형광등이 화드득 켜지면서 길고 긴 벨 소리가 울렸다. 다섯 시 삼십분, B반 출근 기상 벨이었다. 모두 벌떡 일어나 이불부터 개키고 수건을 목에 두르고 세면장으로 달려갔다. 세면장은 아수라장이었다. 서로 먼저 수도꼭지를 차지하려고 몸싸움도 마다하지 않았다. 나는 세면장 안으로 들어가지 못한 채 엉거주춤 서 있었다.

"야, 검사과. 대충 눈곱만 떼고 나오면 돼. 수도꼭지 옆에 서서 물만 묻히고 나와."

방적과 언니가 밀고 들어가는 서슬에 휩쓸려서 들어갔다가 그야말로 눈곱만 떼고 세면장을 나왔다. 화장실도 만원이었다.

"조금 참았다가 공장 화장실 가면 되니까 빨리 가자."

나는 방적과 언니를 따라서 급히 작업복을 걸치고 공장으로 내달았다. 기숙사에서 첫 출근을 무사히 할 수 있었던 건 순전히 그 언니 덕분이었다. 어리바리한 나는 누군가의 도움 없이는 서울살이를 해나갈 수 없었을 것이다. 다행인 것은 언제나, 누군가가 다가왔다. 영자 언니만 믿고 올라왔던 서울이었는데 영자 언니는 공장살이 고되다고 석 달 만에 고향으로 내려가버렸다.

출근 카드 찍는 곳에 은수가 기다리고 있었다. 나도 모르게 달려가 은수를 부둥켜안았다. 우리는 팔짱을 낀 채 운동장을 가로질러 공장으로 들어갔다.

"어땠어? 기숙사 좋아?"

"좋긴, 무슨 군대 같어. 너네 집이 천국이었어."

"그러게 왜 그렇게 서둘렀어? 원공 된 다음에 들어가도 되는데."

"나도 염치라는 게 있거든. 지내다 보면 익숙해지겠지. 방장 언니도 좋아 보였어. 직포과 조장이랴."

"그럼 올드미스겠네. 직포과는 월급도 많다던데 왜 아직 시집을 안 가는 걸까?"

"그러게."

"너, 다른 언니들이랑 친하게 지내면 안 된다. 나랑만 친해야 돼. 알았지?"

"걱정두 팔자시네유. 은인님."

"은인님? 히히 듣기 좋네. 낼 봐."

은수는 손을 흔들며 염색과로 가고 나는 검사과로 갔다.

"애, 이미자. 이리 와 봐."

출근해서 실타래를 붙들고 있는 나를 조장이 호출했다.

"너, 검사 그만하고 스탬프 따라다니면서 배워둬. 스탬프가 다음 달에 결혼해서 그 자리가 비니까 네가 스탬프 해야겠다."

"지가유? 지는 양성공인데유?"

"그려유? 시키는 대로 하기나 하셔유."

실타래를 붙들고 있던 선배 언니들이 나를 째려보았다. 스탬프는 검사과에서 급이 높았다. 엊그제 들어온 신출내기가 맡아 할 자리가 아니었다. 그렇지만 아무도 조장 언니의 말에 토를 달지 못했다. 은미 언니랑 조장 언니가 친하다더니 내 말을 잘해준 것이 틀림없었다. 나는 그저 남들대로 하고 싶었다. 잘난 것도 없이 특별대우를 받는 것이 껄끄러웠다. 다음날 은수를 만나서 아무래도 은미 언니 덕분에 스탬프를 하게 된 것 같다고 말하니까 은수가 언니에게 물어보겠다고 했다.

"아무 얘기 안 했다던데? 요즘 바빠서 B반 조장 언니 만날 새가 없었대. 야, 너네 조장이 네가 똑똑한 거 알아본 거지. 선배들 다 제치고 너를 스탬프 시킨 거 보니."

"똑똑한 사람이 다 죽었대? 그나저나 큰일이여. 선배들 눈빛이 여간 사나워진 게 아녀. 나는 스탬프 같은 거 안 해도 되는데. 어쩐다냐?"

"어쩌긴 뭘 어째. 시키는 대로 해야쥬. 우리 은오 벌써 출세했네유."

출세고 뭐고 다 싫었다. 이제 겨우 언니들하고 재미나게 일할 참이었는데 뚝 떼어다가 스탬프를 하라니 앞일이 캄캄했다.

스탬프가 하는 일은 전표에 검사합격 날짜 스탬프를 찍어서 붙이는 일이었다. 실수하지 않으려면 정신을 똑바로 차려야 했다. 한 달 동안 선배를 따라다니면 자연스레 일이 손에 붙을 것이지만 일이 문제가 아니었다. 미운털이 박혀서 왕따를 시키는 언니들의 눈총이 따가워서 눈 둘 곳을 찾지 못했다.

"저, 조장 언니. 저 이 일 못하겠어유. 자꾸 헷갈리는 게. 그냥 검사할래유."

"시끄러워. 이쁘게 봐서 시켰더니 며칠이나 됐다고 꽁무니를 빼는 거야? 잔말 말고 하던 대로 해. 쟤네들, 스탬프 시켜줘도 못해. 지금은 샘이 나서 저러지만 금세 괜찮아져."

"아니, 그게 아니구유……"

"안이구 밖이구 여기는 내가 조장이야. 조장이 알아서 하는 거니까 열심히 일이나 배워. 요 맹추야."

공연히 말을 꺼냈다가 머리만 한 대 쥐어박혔다. 한 달이 지나고 선배 스탬프 언니가 퇴사하자 언니들도 더 이상 내게 신경 쓰지 않았다. 스탬프 신경 쓰랴, 기숙사 언니들 비위 맞추랴, 한 달이 어떻게 지나갔는지 몰랐다. 출근 시간에 잠깐 은수를 만나는 것도 하지 못했다. 내가 바쁘게 돌아간 탓도 있지만 은수가 다른 짝꿍을 찾아서 나를 전처럼 반기지 않은 탓이 더 컸다.

"은오야, 소개할게. 우리랑 같이 살게 된 염색과 은숙이야.

애는 고향도 우리 전라도랑게."

"은숙이도 니가 이름 지어준겨?"

"히히히, 금세 알아차렸구먼. 역시 똑순이랑게."

"아주 작명소를 차리셔유. 그 길로 나가면 금세 출세하겄슈."

안 쓰던 전라도 사투리를 쓰는 것도 은숙이와 더 친하다는 걸 나타내기 위해서 부러 그러는 것 같았다.

내색도 못하고 속만 상했다. 서울 올라와서 처음으로 내게 방을 내어주고 살갑게 대했던 은수였다. 형제 없이 자란 내게 은수는 형제처럼 느껴졌다. 은숙이와 팔짱을 끼고 엉덩이를 씰룩이며 발을 맞춰 걸어가는 걸 보면 부아가 치밀었다. 쫓아가서 엉덩이를 걷어차고 싶은 걸 누르느라고 씨근벌떡하고는 했다.

월급날, 기숙사 방장이 모두에게 백 원씩 걷어서 두 명을 불러 빵을 사오라고 시켰다. 월례 행사였는지 모두 백 원을 척척 냈다.

삼립빵 경비실에서 방직공장 월급날마다 빵을 도맷값으로 판다고 했다. 이천 원어치 빵을 방 한가운데에 산더미처럼 쌓아놓고 스무 명이 빙 둘러앉아 먹었다. 그날만큼은 떠들어도 웃어도 방장 언니에게 혼나지 않았다. 삼립빵의 날이었으니까.

"삼립빵이 이렇게 맛있는 줄 몰랐어유. 지는 이 크림빵이 젤로 맛나네유."

"많이 먹어라, 우리 막내. 기숙사 밥이 영 선찮은데, 한 달에 한 번이라도 맛있는 빵으로 영양 보충을 해줘야지. 아이구, 공장살이 석 달 만에 볼이 홀쭉해졌어유."

살가운 방장 언니의 말에 목이 메었다. 이 사람 저 사람 얘기하는 걸 들어보니 주로 경상도와 전라도가 고향이었다. 충청도 출신은 나 혼자였다. 돈을 벌어 동생들 공부시키겠다고 연줄 연줄로 고향을 등진 산업역군들. 대부분 몇 푼 안 되는 월급에서 기숙사비 천백 원 내고, 세숫비누 한 장, 세탁비누 한 장 사고 남은 돈은 몽땅 고향으로 송금하는 모양이었다. 하기는 기숙사에 있으면 돈 쓸 일이 없었다. 외출하지 않는 한 공장에서 주는 작업복만 입고 출퇴근하면 되었다. 작업화까지 공장에서 주니까 안 쓰려고 들면 땡전 한 푼 안 쓰고도 살아지는 게 기숙사 생활이었다. 쉬는 날 은수네나 놀러 갈까 생각하고 나갔다가도 세면도구만 사서 그냥 돌아왔다. 마음이 떠난 은수가 나를 반길 것 같지 않아서였다.

기숙사 생활도 익숙해져서 어색하지 않고 그럭저럭 잘 지냈다. 언니들도 늘 피곤한 기색이어서 밤이고 낮이고 자는 게 일이었다. 간혹 책을 보거나 뜨개질하는 언니가 있긴 했으나 대부분은 강당에서 텔레비전을 보거나 주로 잠을 잤다. 야간 근무조일 때는 낮에 잠을 자야 해서 창문에 검붉은 커튼을 쳤다. 한쪽 면은 붉은색이고 한쪽 면은 검정색이었는데 커튼을 치면 한밤중처럼 어두웠다. 중학교 강당에서 영화를 볼 때 쳤던 커튼과 똑같았다. 우리는 낮도 밤인 듯이 깊이 잠들 수 있었다. 아무리 깊이 잠들어도 걱정할 게 없는 것이 출근 시간 삼십 분 전에는 요란한 벨이 울렸고 방 식구들이 모두 같이 출근을 해야 했기 때문에 지각할 일이 없었다. 남들 다 잘 때 일을 하고 남들 일할 때 잠을 자는 공순이 생활이 그렇게도 싫더니, 야근을 끝내고 동이 트는 공장의 운동장을 가득 메우며 나오는 공원들을 보면 동료 의식이 생겼다.

"애, 너 이번 추석에 부모님 선물 뭐 사갈 거야?"

"추석 될라믄 안적 멀었는디유?"

"애 좀 봐. 선물을 미리미리 준비해놨다가 추석에는 보따리만 싸 들고 고향 가는 거야. 너는 아무것도 모르는구나?"

"언니는 뭔 선물 준비해놨어유?"

"볼래? 울 아버지 도장 파서 꼭 맞게 도장집 떠놨구. 부모님 내복이랑 동생들 양말도 사다놨어."

"도장이유?"

"너 몰랐구나. 여기 언니들 거의 다 아버지 도장 파놨어. 아버지께 뿔도장을 파다 드리면 아버지가 나를 달리 볼걸? 허긴 시골에서 도장 쓸 일이 뭐 그리 있겠냐마는 문패 같은 거지. 그래도 면사무소 같은 데 가서 목도장 내미는 것보다 뿔도장을 쓱 내놓으면 얼마나 부티 나 보이겠니? 요 앞에 도장 파는 데 내가 아니까 담 일요일에 같이 가자. 너네 아버지도 니가 뿔도장을 파다 드리면 흐뭇해하실 거야."

이러쿵저러쿵 설명하는 것도 귀찮아서 방적과 언니를 따라

가서 아버지 도장을 새겼다. 아버지 함자를 한자로 대라는데 갑자기 생각이 나지 않았다. 그냥 한글로 새기려니까 옆에서 언니가 말렸다.

"얘, 뿔도장에 한글이 다 뭐냐. 잘 생각해봐."

"오얏 리에 꽃뿌리 영 목숨 수 자?"

"맞겠네. 이름에 주로 쓰는 한자들이야."

도장 파는 아저씨가 종이에 한자로 아버지 함자를 써 보였다. 호적등본에서 보았던 함자였다.

"맞는 거 같아유. 그대로 새겨주셔유."

흰색 뜨개실을 사다가 도장에 꼭 맞게 도장집도 떴다. 서툰 내 솜씨를 보다 못한 방적과 언니가 거의 다 떠주긴 했지만 완성하고 나니 흐뭇했다. 과연 아버지를 만나서 이 도장을 선물할 날이 올까? 내 귀중품 1호로 아버지의 도장을 간직했다.

이야기하기를 좋아했던 엄마가 해주었던 이야기가 생각났다.

옛날에 옛날에, 그렇게 아주 옛날은 아니고 한 백 년 전쯤에 청상과부가 아들 하나를 키우며 살았더란다. 하루는 어린 아들이 나가 놀다가 울면서 들어와 아버지를 찾았더랬지. 애들이 애비 없는 후레자식이라고 놀린다고. 어머니는 꾀를 내었어. 나뭇가지를 하나 구해다가 잘 다듬어서 남자 옷을 입히고 갓을 씌워서 방 한편에 책이 놓인 작은 책상을 두고 그 앞에 앉혀놓고는 아들에게 일렀지. 여기 아버지가 있으니 나갈 때나 들어올 때나 꼭 아버지께 인사하고 밖에 나가서 애들이 놀리거든 우리 아버지는 선비라서 집에서 글만 읽는다고 그래라. 아들은 어머니의 말을 철석같이 믿고 자랑스레 나가 놀았지. 그렇게 세월이 흘러서 아들이 장성하게 됐는데, 하루는 동네 장정들이 몰려왔던 게야. 애비 없이 자란 걸 온 동네가 다 아는데 왜 거짓말을 하고 다니느냐고, 그럼 네 아버지를 보이라고. 아들은 글을 읽고 있는 나뭇가지 아버지를 내보였지 않았겠어? 장정들이 껄껄 웃으면서 낫으로 나뭇가지 아버지의 목을 내리쳤더란다. 그때, 놀라운 일이 벌어졌어. 아버지의 목에서 시뻘건 피가 콸콸 쏟아진 게야. 장정들은 혼비백산해서 도망가고, 아들은 그 아버지를 뒷산에 고이 모셨다는구나. 비록 나뭇가지로 만든 아버지였지만 정성으로 섬기면 하늘도 감동한다는 얘기야.

"우리도 아버지 하나 만들까?"

"그냥 얘기라니까 그러는구나. 옛날얘기."

어린 나는 그 얘기에 공감했었다. 남들처럼 아버지가 있었으면 했던 그 어린 아들의 마음이 뼈저리게 다가와서 나도 아버지를 대신할 무언가가 있었으면 했다. 이제야 내 손으로 그것을 장만했다.

4장
재회의 이유

실수할 때마다 꿈을 꾸곤 했다. 간밤의 꿈에는 흰 칼라를 단 여고생들이 신나게 스케이트를 타고 있었다. 오줌이 마려웠다. 화장실을 찾을 수가 없어서 허둥대다가 구석진 곳에 쭈그리고 앉아서 시원하게 볼일을 봤는데, 그만 엉덩이가 뜨뜻했다. 벌떡 일어났으나 이미 엎질러진 물이었다. 스무 명이나 한방에 누워 자는데 이 한심한 노릇을 어찌해야 하나. 오줌싸개는 졸업한 줄 알았는데 아니었다. 그만 딱 죽고 싶었다.

중학생 때까지도 가끔 자다가 요에 실수를 했다. 하도 기가 막혀서 차마 울지도 못했다. 어렸을 때부터 키를 쓰고 소금을 얻으러 다니던 외갓집에 가서야 울음을 터뜨렸다. 외할머니는 더 크면 나아질 거라고 다독거렸지만 나는 잊을 만하면

연례행사로 요에 지도를 그렸다. 나이가 몇인데, 도대체 언제까지 오줌을 쌀 거여? 오줌 쌀까 무서워서 시집이나 가겠어? 할머니는 혀를 차면서도 홑청을 뜯어서 빨아주었다. 세계지도가 그려진 내 요 속통을 담벼락에 널어놓으면 어찌나 창피하던지 고개를 들고 그 앞을 지나가지 못했다.

생리통이 심해서 결근을 해야겠다고 방장 언니에게 말하고 이불을 머리끝까지 덮어쓰고 누웠다가 모두 출근한 다음에 일어나 이불을 둘둘 말아서 보자기에 쌌다. 사감 선생에게는 너무 아파서 병원에 가야 한다고 거짓말을 하고 외출증을 끊었다. 이불 보따리를 들고 나오기는 했으나 막막했다. 공중전화부스에 들어가서 쭈그리고 앉았다가 용기를 냈다. 수첩을 뒤져서 문래동에 산다는 엄마에게 전화를 넣었다. 아마 내심이 골칫덩어리를 처리해줄 사람은 엄마밖에 없다는 생각으로 나왔을 것이다. 서울로 올라올 때 외갓집에 인사를 갔더니 외할머니가 엄마 집에도 전화를 놓았으니 어려운 일 있으면 엄마를 찾아가라고 수첩에 전화번호를 적어주었다. 전화번호 적어주는 건 할머니 마음이지만 엄마에게 전화할 일은 없을 거라고 큰소리를 쳤다. 엄마가 사는 서울로 고등학교 시험을 보러 갔다가 시험도 못 보고 눈물을 흘리며 돌아오면서 다시는 엄마를 보지 않겠다고 다짐했었다.

중학교 일학년 여름방학이 끝날 무렵 엄마는 서울로 떠났다. 가지 말라고 치마꼬리를 움켜쥐고 울먹이는 내게 엄마는 손가락을 걸자고 했다.

"엄마가 서울 가서 식모살이를 하더라도 너를 꼭 높은 공부 시킬 거니까 너는 그저 공부만 열심히 하고 있어. 엄마는 돈을 벌고, 미자는 공부하고. 알았지? 약속."

"나는 높은 공부 안 해도 되니까 엄마 가지 마."

악을 쓰며 울어도 보고 땅바닥에 뒹굴어도 보았지만 아무 소용이 없었다. 나는 외할아버지의 억센 손아귀에 붙잡힌 채 엄마를 떠나보냈다.

"미자 엄마 서울로 시집갔다며? 뭐 하는 사람이래?"

동네 아줌마들이 우물가에 모여서 수군거리다가 내가 보이면 말을 딱 그치곤 했다.

"할 일 없으면 집에 가서 낮잠이나 주무셔유. 왜 멀쩡히 돈 벌러 간 남의 엄마를 시집보내구 난리래유?"

한두 번도 아니고 여러 번 소문을 듣다 보니 의심이 생겼다. 그렇지만 나는 긴가민가하면서도 내가 믿고 싶은 대로 믿어버렸다. 엄마가 나를 두고 시집을 갈 리가 없지. 어디를 가더라도 나를 꼭 데리고 다니던 엄마였으니까. 설혹 시집을 가더라도 나를 데리고 갈 것이라고 생각했다. 서울에 잘 왔다는 편지가 한 번 오고는 다시는 엄마에게서 편지가 오지 않았다. 몇 번이나 편지를 보내도 답장이 없었다. 설마가 사실이 되는 것을 인정하기 어려웠다. 그렇지만 아무래도 미심쩍어서 외할머니에게 따지듯이 물었다. 아니라는 대답을 들어야 했다.

"엄마, 시집갔다던데?"

"너도 이제 알았구나. 너는 이제 다 컸으니 엄마도 새출발해야지. 니가 아들만 됐어도 너를 믿고 살라고 하겠는데, 계집애 하나 믿고 구만리 같은 청춘을 어찌 살라고 하겠니? 네엄마도 서울 가서야 재혼이라는 걸 알았지. 서울 부잣집에 식모살이하러 가는 거라고 속였거든."

"엄마까지 속이면서 왜? 우리 할머니도 알어?"

"사돈하고 다 상의해서 한 거지. 우리 뜻대로 할 수가 있는 일이냐?"

"흥, 할머니가 나랑 엄마랑 감쪽같이 속이구 엄마를 시집보냈구나. 할머니 미워!"

화도 나고 야속해서 할머니하고도 말을 안 하고 아침저녁으로 드나들던 외갓집에는 발길을 끊어버렸다.

남의 집에 식모 사는 거보다 시집가서 사는 게 나은 것일까. 시집간 게 미안해서 내게 편지를 하지 않는 걸까. 하지만 엄마는 분명히 약속했다. 나를 공부시켜줄 거라고. 그러나 고등학교 입시원서 접수 마감이 가까운데도 엄마에게서 아무런 소식이 없었다. 마침 친구 아버지가 서울 가서 사온 입학원서가 한 장 남았다고 내게 접수해보라고 해서 우편으로 접수를했다. 계동에 있는 창덕여고였다. 시험 봐서 붙으면 엄마하고살 수 있을 거라고 생각했다. 시험일이 다가와서 서울의 이모집으로 갔다. 엄마 집은 한 번도 가본 적이 없지만 이모 집은

방학 때 한 번 가본 기억을 더듬어 찾아갔다. 을지로 6가에 시외버스터미널이 있어서 묵정동까지는 걸어서 갈 수가 있었다. 혼자 살던 이모는 문을 잠가놓고 집에 없었다. 이웃에 엄마의 사촌 언니가 살고 있어서 이모가 올 때까지 그 집에서 기다렸다. 그 밤이 지나도 이모는 오지 않았다. 날이 밝자 나는 수첩에 있던 서울 지도를 보면서 계동의 창덕여고를 찾아갔다. 무식해서 용감했던 것이다. 버스를 탈 줄 모르는 촌년은 무작정 걷는 수밖에 없었다. 서울의 여고는 활기찼다. 운동장 한편의 스케이트장에서 스케이트를 타는 여고생들의 명랑한 웃음소리가 내 넋을 빼놓았다. 서울의 여자고등학교는 상상도 못해보았던 전혀 딴 세상이었다.

수험표를 받아서 나오는데 누가 알은체를 했다. 뒷집에 살던 중학교 일 년 선배 언니였다.

"어머, 미자 너. 우리 학교 시험 보러 왔어? 반갑다 얘."

"언니네 서울로 이사 갔다더니 언니도 이 학교 다녀유?"

"응, 꼭 합격해서 같이 다니면 좋겠다."

"근디, 합격하기 어려워유?"

"너, 공부 잘하잖어. 걱정 마. 나도 붙었는데 뭐."

언니를 만난 게 천우신조였다. 이 넓은 서울에서 아는 사람을 만나다니……

"나는 스케이트 타러 왔는데 이제 집에 가려구. 너는 묵는데가 어디야?"

"지는 묵정동인디유."

"어머, 우리 집은 장충동이야. 같은 방향이니까 같이 가면 되겠다. 너 버스 몇 번 타고 왔어?"

"버스에 번호가 있어유? 지는 기냥 걸어왔는디유."

"내가 못 살어. 왜 아무도 널 안 데려다준 거야?"

"그게 그렇게 됐어유. 지도 보구 오니께 금세 찾겄던데유 뭐."

"그래서, 내일도 걸어오려구?"

"우리 이모 오면 델다주겠지유."

"이모 안 오면? 그러지 말고 내가 버스표 줄 테니까 내일은 버스 타고 시험 보러 와. 꼭 붙어서 나랑 같이 학교 다니자."

고향에 살 때는 그리 친하게 지낸 사이는 아니었는데 낯선 서울에서 만나서 그런지 언니는 딴사람처럼 상냥했다.

언니 덕분에 버스표도 몇 장 얻고 버스 타는 법도 배워서 엄마의 사촌 언니네 집으로 돌아왔다. 그 밤이 늦도록 이모는 돌아오지 않았다. 이모가 돌아오지 않자 엄마의 사촌 언니가 나를 쥐어박을 듯이 욕을 퍼붓기 시작했다. 미친년, 정신 나간 년으로 시작해서 계집애가 중학교만 졸업하면 됐지, 주제꼴에 무슨 고등학교를 가겠다고 서울로 왔느냐. 네 어미가 원서를 사 보내지 않았을 때는 척 알아챘어야지. 눈치 없이 무턱대고 올라오면 어쩌자는 거냐. 말끝마다 미친년을 후렴처럼 넣으면서 내가 자기 딸이나 되는 것처럼 게거품을 물었다. 애꿎은 이모까지 싸잡아서 욕을 먹어야 했다. 그날 밤에 나는 평생 들을 욕을 다 들었다. 엄마의 사촌 언니도 우리 엄마처럼 6·25전쟁 통에 혼자되어서 딸을 떼어놓고 재가했다. 누구보다 나를 이해해줄 거라고 생각했는데 아니었다. 그러나 듣고 보니 다 맞는 말이기도 했다. 이모는 오지 않고, 무턱대고 욕을 퍼붓는 엄마의 사촌언니에게는 물어볼 수도 없는 엄마네 집, 돌아가는 꼴을 보니 고등학교 가기는 틀려먹었다. 시험은 봐서 무엇 하나, 집에 가자. 그런데 차비가 없었다. 올라온 차비는 그동안 꿍쳐놓았던 내 전 재산이었다. 한 차례 더 욕바가지를 뒤집어쓰고 차비를 빌려서 시외버스터미널로 갔다. 눈발이 날리더니 금세 눈보라가 휘몰아쳤다. 온몸이 덜덜 떨리도록 추웠다. 다른 애들은 시험을 보고 있겠지. 버스에 외돌아 앉아서 소리 없이 눈물을 쏟았다. 집에 돌아오자마자 엄마에게 눈물 젖은 이별의 편지를 썼다. 엄마가 나를 버렸으니 나도 엄마를 버리겠다. 이제부터 엄마라고 생각하지도 않을 것이고, 다시는 엄마를 보지 않겠다고.

"여보셔유? 누구셔유?"

몇 년 만에 엄마의 목소리를 들으니 눈물부터 왈칵 쏟아졌다.

"여보셔유, 즌화를 했으믄 말씀을 하셔야지유."

"엄마? 나 미자여."

"미자? 우리 미자? 너, 서울 왔다며? 왜 인자서 즌화하능겨?"

엄마는 타박부터 했다. 엄마가 그렇지. 그냥 저놈의 보따리를 아무 데나 콱 처박고 고향으로 내려가야 하나. 오줌싸개 주제에 무슨 돈을 벌겠다고 공장살이가 당키나 한가.

"미자야, 워디여? 워디 공장 댕긴다며. 힘은 안 들어?"

"여기는 영등포 신대방동인데 엄마네 집에 가려면 어떻게 가?"

"여그 올라구?"

"왜, 내가 가믄 곤란한겨?"

"야가 뭔 소리여? 곤란할 게 뭐 있어. 별루 멀지 않은 것 같은디. 택시 잡아타고 와."

"택시? 내가 돈이 워딨다구?"

"택시 타구 문래동 동사무소 가자구 혀. 내가 나가 있을게."

난생처음 택시를 탔다. 나는 주눅 들지 않기로 다짐을 한 터여서 당당하게 문래동 동사무소로 가자고 서울말로 또박또박 말했다. 택시 기사는 내 보따리를 한번 힐끗 쳐다보고 쌩하니 달렸다. 얼마 안 가자 번화가가 나오고 금세 문래동 동사무소 앞에 도착했다.

아이 하나는 등에 업고, 하나는 손을 잡은 엄마가 기다리고 있었다. 먼저 택시비를 지불한 엄마가 아이의 손을 놓고 나를 안으려고 했다. 나는 주춤 뒤로 물러섰다. 아이의 손을 잡은 엄마가 앞장을 서고 나는 그 뒤를 따라갔다.

철대문의 쪽문을 열고 엄마가 허리를 숙여 먼저 들어갔다.

엄마는 그 집의 문간방에 세 들어 살고 있었다.

"어여 들어와. 못 본 새에 처녀가 다 됐구나."

"엄마, 누구야?"

너덧 살 되어 보이는 사내아이가 나와 엄마를 번갈아 보면서 물었다.

"미자 누나여. 너는 거기 섰지만 말고 여기 앉아라. 그건 무슨 보따리여?"

"응, 버려야 하는데 어떻게 버려야 할지 몰라서."

"이불 같은데?"

"맞어. 나, 아직도 밤에 지도 그려."

"그랬구나. 엄마가 곁에 있어주지 못해서 미안혀."

업었던 아기를 내려놓은 엄마가 눈물을 찍어냈다. 낯을 가리지 않는지 아기가 앙금앙금 기어 와서 내 무릎으로 기어올랐다. 귀여웠다.

"혈육은 땡기는가 벼. 언니를 알아보구 냉큼 가서 안기는 것 좀 봐."

"언니? 언니야?"

"너는 누나라구 해야지."

남자아이는 선뜻 내게로 다가오지 못하고 눈치를 살폈다. 동생이 있다는 것은 외할머니에게 들어서 알고 있었지만 실제로 보니 어떻게 해야 할지 몰랐다. 형제간의 첫 상면인데 과자라도 사 들고 와야 했나. 내 문제가 급급해서 엄마의 형편 따위는 생각할 겨를이 없었다.

"애들 보구 좀 앉아 있어. 마실 거라두 좀 사 올게."

"엄마, 나두 같이 가."

"영식아, 누나랑 놀고 있어. 엄마 금방 올게."

머뭇거리던 영식이가 제 장난감 통을 끌고 와서 내 앞에 쏟아놓았다. 아기가 내 무릎에서 스르르 내려가서 장난감을 집어 들었다.

"네 이름이 영식이구나. 네 동생은 이름이 뭐여?"

"응, 미순이."

"미순이?"

성은 다르지만 그래도 이름은 내 돌림자를 썼구나. 여동생의 이름을 듣는 순간 마음이 스르르 녹는 것 같았다. 그제야 방 안을 둘러보았다. 단칸방이긴 해도 방이 제법 넓었다. 한쪽 벽에 호마이카 장롱이 있고 다른 쪽 벽에 전축과 재봉틀이 잇대어 있었다. 살림이 그렇게 옹색해 보이지는 않아서 마음이 놓였다. 전축 위에 놓인 까만 전화기와 아기들 백일사진이 눈에 들어왔다. 발가벗은 영식이 사진을 보니 웃음이 훅 나왔다.

"아이구, 누나랑 잘 놀구 있네."

엄마가 과자와 사이다가 든 봉지를 열자, 동생들이 그쪽으로 달려들었다. 엄마는 장롱과 벽 틈에서 다리가 접히는 알루미늄 상을 꺼내어 펼친 다음 그 위에 과자와 사이다를 올려놓았다.

"배고프지? 우선 먹고 있어. 엄마가 금세 밥 지어올게."

"엄마, 밥이 문제가 아니라 저 이불, 어떡해?"

"걱정 말어. 저 이불은 빨든지 버리든지 내가 알아서 할게. 그리구 이따 나가다가 영등포시장에서 새로 장만하면 돼. 실수하더라도 거죽만 벗겨서 빨 수 있는 거루. 영등포시장은 큰 시장이라 없는 게 없어."

나는 안심하고 과자 봉지를 뜯었다. 갑자기 배에서 꼬르륵 소리가 나면서 시장기가 몰려왔다.

"언니, 언니. 이 로보트 팔 빠졌어. 고쳐줘."

영식이가 팔 빠진 로봇을 내게 내밀었다. 까무잡잡한 얼굴에 오뚝한 코, 쌍꺼풀진 눈은 제 아버지를 닮았는지 아주 잘생겼다. 나는 엄마를 빼닮아서 쌍꺼풀이 없는 대신 살이 희었다. 미순이는 살은 희고 쌍꺼풀이 있었다. 좋은 것만 닮은 것 같았다.

"누나, 해봐. 미자 누나."

"누나? 나는 언니라고 할래. 미자 언니."

"그래? 그럼 언니라고 해. 웃기는 녀석이네."

나는 영식이의 머리를 한번 쓰다듬어주었다. 처음 만져본 어린아이의 머리칼은 자꾸만 만지고 싶을 만큼 부드러웠다. 새아버지는 한 번도 보지 못했다. 하긴 친아버지도 본 적이 없었으니 새아버지에 대한 감정 또한 이렇다 할 아무것도 없었다.

엄마가 따끈한 밥상을 차려왔다. 김이 모락모락 나는 흰쌀밥에 군침이 도는 잘 익은 열무김치에다 계란찜과 간고등어구이까지. 나는 허겁지겁 밥을 퍼 넣었다. 얼마 만에 먹는 엄마 밥인가. 영식이와 내가 밥을 먹는 동안 엄마는 미순이에게 젖을 물리며 나를 바라보았다.

"엄마는 안 먹어?"

"애기 젖부터 줘야지. 어서 많이 먹어."

엄마는 자꾸 눈물을 훔쳤다.

"엄마, 왜 울어? 어디 아파?"

영식이가 걱정되는지 엄마의 기색을 살폈다. 어린애치곤 눈치가 빠른 것 같았다. 하고 싶은 말, 해야만 하는 말은 그저 가슴에 묻어둔 채 사는 편이 나은 건지도 몰랐다. 말을 다 쏟아낸다고 속이 시원해지는 것도 아니고 맞닥뜨린 현실이 달라지는 것도 아니었다. 엄마도 나도 세상의 거센 파도에 밀리면서 일찌감치 알아버린 세상 이치였다.

밥상을 물리고도 우리 모녀는 별다른 말이 없이 아기들 노는 것만 바라보고 있었다.

"엄마, 나 여섯시까지 기숙사에 들어가야 해. 거기는 단체 생활이라 규칙을 어기면 바로 퇴실이래."

"알뜰하게 돈 모아서 학교 가야지? 너, 고등학교 못 보낸 거, 엄마는 가슴에 사무쳐."

"공장 다니면서 야간 고등학교 가기는 글렀어. 통신 강의록으로 공부하려고 해도 거기는 열시 반이면 소등하니까. 공부 못해. 한방에 스무 명이 사는데 거기서 어떻게 공부를 해. 이제 공부는 포기했으니까 엄마도 그만 털어버려."

"아까워서 그러지. 그 좋은 머리로 판사도 되고, 의사도 될 수 있을 텐데."

"판사? 엄마는 아직도 헛꿈을 꾸고 있네. 초등학교 6학년 때 장래 희망을 엄마가 쓰라는 대로 대통령이라고 썼다가 얼마나 놀림을 받았는지 알아? 공부하려면 머리 아파. 놀아보니까 노는 게 더 재미나던데?"

"내가 방 얻을 돈이라도 있으면 좋으련만. 기숙사 나와서 혼자 자취하면 공부할 수 있잖아."

"공부, 공부. 이제 시효 지났어요. 나, 연탄불 잘 못 갈아서 자취 못해. 기숙사가 얼마나 편한데. 스팀 나와서 방 뜨끈뜨끈하지, 시간 맞춰 밥 주지. 세상 걱정이 없어요."

엄마는 나를 물끄러미 바라보았다.

"엄마, 시장 가자."

엄마는 아기를 업고 영식이는 내 손을 잡고 시장에 갔다. 이불도 사고, 내가 싫다는데도 엄마는 군이 내 원피스를 하나 사줬다. 내가 탄 택시가 모퉁이를 돌아설 때까지 엄마는 그 자리에 붙박여 서 있었다.

5장

들러리 전문

공장에는 여자 조장 위에 남자 반장이 있었다. 검사과 남자 반장은 직물 검사 담당이었다. 우리 실 검사반은 염색과에 연결되었고, 직물 검사는 가공과에 연결되어 있었다. 건물도 다른 건물이었다. 실 검사는 조장이 총괄하고 직물 검사는 남자 반장이 총괄했지만 가끔씩 실 검사반에 남자 반장이 들러서 조장과 얘기를 나누곤 했다.

스탬프 일도 손에 익어서 아무 사고 없이 잘하고 있었는데 조장이 불렀다. 다음 달부터 직물 검사반으로 가서 일을 하라고 했다.

"가기 싫어유. 이제 겨우 정붙였는데 왜 다른 데로 보내려고 해유? 조장 언니, 지가 뭐 잘못했어유?"

"요 맹추, 거기가 여기보다 좋아. 여기처럼 방적과 기계 소리 때문에 시끄럽지도 않고 먼지도 덜 나고. 다들 거길 못 가서 안달인데 너는 좋은 데로 보내준다는데도 앙탈이냐? 반장이 너를 찍었어. 한 명이 그만두는데 여기서 데려가야 하거든."

"다른 언니 보내면 되잖아유. 지는 조장 언니도 좋고, 다른 언니들도 좋아유. 가고 싶어 하는 언니 보내셔유."

"거기는 여기보다 사무 보는 일이 많아서 아무나 못 보내. 나도 너 보내는 거 싫지만 어쩌겠어. 반장이 너를 보내라는데."

이제 겨우 양성공 딱지 떼고 원공이 되었는데 다른 데서 처음부터 일을 배울 생각을 하니 아득했다. 우선 당장은 조장 언니가 스탬프를 하면서까지 나를 보내는 걸 보면 어쩔 수가 없는 모양이었다.

날짜가 되자 반장이 나를 데리러 왔다. 떠나는 나를 다른 언니들이 부러운 눈으로 바라보았다.

직물 검사는 완성된 직물을 마지막으로 검사해서 출고시키는 아주 중요한 일이었다. 반장 말고도 두 명의 언니들이 있었다. 뒤쪽에 불이 들어오는 유리판이 있는 커다란 기계에 직물을 걸어놓고 기계를 작동해서 염색이 잘못되거나 올이 트이거나 한 곳에 붉은 실로 표를 하고 큰 가위로 거침없이 잘랐다.

반장과 언니 둘은 매서운 눈으로 직물의 표면을 살피다가 흠이 발견되면 기계를 세워놓고 표를 했다. 검사가 끝난 직물은 포장과로 넘겨져 포장한 다음 출고했다. 수출품에 하자가 생기면 여간 손해가 아니어서 수출품은 두 번씩 검사한다고 했다. 나는 검사대에 서지 못했다. 기계 아래에 들어가서 직물 한 필이 다 올라가면 이어서 올라갈 다음 필과 핀으로 연결하는 일을 했다. 잠시만 한눈을 팔면 필이 이어지지 않고 훌떡 넘어가는 바람에 선배 언니한테 혼쭐이 났다. 검사 기계는 천천히 돌리기 때문에 기계 소리가 크지 않았다. 방적과의 맹렬한 기계 소리를 듣다가 듣는 검사 기계 소리는 자장가였다. 실 검사 언니들과 달리 직물 검사 언니들은 멋쟁이에다 쌀쌀맞고 도도하기까지 했다. 반장도 신성일 닮은 미남이었다. 검사는 네 명이 한 조를 이루어서 진행되었다. 한 명은 기장을, 두 명은 검사를 맡고, 한 명은 필을 이었다. 가공 완성된 직물이 끊임없이 들어오는 것은 아니어서 잠깐씩 앉아서 쉴 틈이 있었다. 반장은 가공 전의 생지를 검사하는 일도 맡아서 직포과로 가공과로 왔다 갔다 하면서 가장 바쁘게 돌아쳤다.

나는 늘 입이 부어 있었다. 스탬프 때보다 일이 고되기도 했지만 언니나 반장이 내게 눈길조차 주지 않고 사무적으로만 대하기 때문이었다. 분위기가 냉랭하기 짝이 없었다. 실검사반에서는 방적과 기계 소리에 묻혀 잘 들리지는 않았지만 일하면서 언니들은 언제나 노래를 불렀다. 저 푸른 초원위에 그림 같은 집을 짓고. 한 사람이 부르면 한 사람은 쿵작 쿵작 추임새를 넣어가며 재미나게 일을 했다.

언니들은 식사 시간에도 마주 앉아 밥만 먹을 뿐 여간해서 말을 붙이지 않았다. 그렇다고 막내 주제에 먼저 말을 걸 수도 없었다. 여덟 시간이 그렇게 지루할 수가 없었다. 월급날이 되자 반장이 회식을 할 거라고 했다.

"영옥이하고 미자는 외출증 끊어서 서울회관으로 나와. 불고기 먹을 거야."

"우리 다 같이 가는 거여유?"

"그래. 인주하고 나는 먼저 가서 기다리고 있을 테니까 얼른 기숙사 올라가서 옷 갈아입고 와."

"기냥 작업복 입구 가믄 안 되남유?"

"얘가, 얘가. 공순이라고 광고하고 다닐래?"

인주 언니가 톡 쏘았다.

나는 신바람이 나서 기숙사로 뛰어 올라갔다. 기숙사에서는 일주일에 한 번 외출, 주말에 한 번 외박을 할 수 있었다. 엄마가 사준 원피스를 차려입고 서울회관으로 갔다. 입구에서부터 맛있는 냄새가 났다.

"기숙사 거지들 많이 먹어라."

반장이 거지라고 놀렸지만, 난생처음 먹어보는 불고기가 너무 맛있어서 그냥 넘어갔다. 영옥 언니가 반장에게 아양을 떠는 모양이 눈에 거슬렸다. 아무래도 영옥 언니가 반장을 좋아하는 눈치였다.

"반장님, 우덜은 월급날마다 불고기 먹어유?"

"얘 좀 봐. 무슨 수로 매달 불고기를 먹겠니? 반장 오빠가 미자 너, 환영식 해주는 거야."

"예? 지를유?"

"너, 안 온다는 거 반장 오빠가 억지로 데려온 거라던데?"

"아녀유. 그게 아니구유, 거기 언니들이랑 정이 들어서유. 와보니께 여기도 좋아유."

여기서도 미운털이 박힌 게 틀림없었다. 나는 왜 가는 곳마다 미운털이 박히는 걸까. 불고기 국물에 밥까지 비벼서 먹고 나니 배가 그득했다.

"반장님, 고마워유. 잘 먹었어유. 불고기가 아주 별미네유."

"그랬어? 근데 반장님이 뭐냐? 그냥 오빠라고 해."

"오빠유? 지는 오빠가 읎어서 오빠 소리가 잘 안 나오는디…… 기냥 반장님이라구 할래유."

"어휴, 쟤한테 오빠 소리 들으려면 불고기 더 사줘야겠네."

반장은 허허 웃으면서 자기 하숙집으로 돌아갔다. 인주 언니는 집이 공장 근처라고 했다. 서울깍쟁이라서 그렇게 쌀쌀 맞게 구는가 보았다. 영옥 언니는 기숙사에 살면서도 말하지 않았다. 어쩜 그럴 수가 있을까. 나하고 같이 다니는 게 싫었을까. 219호실이라 방이 떨어져 있기는 해도 같이 출퇴근하면 좋을 텐데. 할 수 없지 뭐.

회식을 하고 나니 일하는 분위기가 달라졌다. 영옥 언니는 사사로운 얘기도 했다. 인주 언니가 멋진 옷으로 갈아입고 퇴근하는 모습은 전혀 공순이 티가 나지 않았다.

"인주 언니는 대학생이랑 사귀는데 자기도 대학생인 척하는 것 같아. 월급 타서 그 대학생 학비도 보태는 눈치야. 그 녀석이 이용하는 거지. 예쁜 여대생이 많을 텐데 왜 공순이랑 사귀겠어? 졸업하고 취직만 해봐, 냅다 걷어차일걸. 똑똑한 척 혼자 다 하지만 헛똑똑이야."

"인주 언니가 가짜 대학생이에요?"

그러고 보니 인주 언니는 항상 보란 듯이 두툼한 책을 끼고 다녔다. 영어 원서 같았다. 내 눈에도 인주 언니는 대학생처럼 보였다. 영옥 언니는 인주 언니를 시샘하고 있었다. 서로 좋아하고 시샘하고, 공순이들도 청춘이었다.

몇 개월 직물 검사 일이 익숙해지고 내 밑으로 양성공도 들어와서 핀 꽂는 일에서 해방되었다. 검사대 앞에 서서 천천히 넘어오는 피륙을 샅샅이 살펴보는 일도 하게 되어서 뿌듯했는데 사무실에서 호출이 왔다. 기획실 기획과에 양모 실험하는 자리가 났다고 했다. 다른 언니들은 처음 입사해서부터 쭉 같은 자리에서 근무한다고 하는데 나는 일이 손에 익을 만하면 다른 데로 옮겨 갔다. 새로운 곳으로 가는 건 언제나 두려웠다. 용기가 필요했다. 내가 원한 게 아니지 않은가. 사무실에서 내가 할 만하다고 여겼으니까 불렀을 것이다.

기획실은 내가 처음 불려갔던 바로 그 사무실이었다. 기획과와 검사과로 나뉘어 사무를 보고 있었다. 나는 검사과에서 기획과로 소속이 옮겨졌다. 내게 사환 자리를 퇴짜 놓았던 언니들이 책상 앞에 앉아서 사무를 보고 있었다. 일 년이나 지난 일이라 나를 기억하는 언니가 없는 게 다행이었다. 사무직은 유니폼부터 달랐다. 모직공장이라 유니폼도 모직으로 투피스를 맞춰주었다. 내 외출복보다 훨씬 고급이었다.

기숙사 방도 201호 사무직원 방으로 옮겼다. 똑같은 크기의 방에 일곱 명이 지내고 있었다. 스무 명이 복닥거리다가 널찍하게 요 깔고 이불을 덮는다고 해도 자리가 남는 방으로 옮긴 것만 해도 출세한 것 같은 기분이 들었다. 방장도 없었다. 209호를 떠날 때는 그 방 언니들이 이불이랑 소지품을 옮겨주었다. 사무직이 되었다고 언니들이 부러워했다.

"삼립빵 날에는 우리 방으로 놀러 와야 해. 사무직 되었다고 우덜 깔보지 말고."

201호에는 총무과 둘, 방적과 창고과 경리과가 각 한 명에 기획과는 나까지 두 명이었다. 널찍하기는 한데 사무직 직원들은 대체로 게을렀다. 청소 당번도 없어서 방구석에 먼지 뭉치가 굴러다녔다. 이불도 개는 법이 없이 허구한 날 깔아놓은 이불에서 그냥 쏙 빠져나왔다가 다시 들어가 눕는 식이었다. 나는 그 방에 맨 나중에 들어간데다가 나이도 어려서 아무 말도 할 수가 없었다. 일요일에 한 번 청소를 하는 모양이었다. 사감 선생도 총무과 언니에게 절절매는 눈치였다. 출근할 때도 잘 다녀오라고 현관에서 배웅해주고, 퇴근하면 오늘 반찬이 어땠냐고 하면서 말을 걸었다. 현장 언니들한테는 공연히 으르딱딱거리는 사감 선생이 총무과 미스 김한테만 상냥하게 구는 것이 영 밉살스러웠다. 사감 선생이 뭘 몰라도 한참 모르는 게 고졸 사무직이라고 해도 여자 사원은 현장 공원들과 똑같이 일당제였다. 4년제 대학을 나온 남자 사원들만 월급제였다. 야근과 특근을 하지 않으니 월급도 팍 줄어들 것이 분명했지만 나는 그저 여기서 오라면 여기로 오고, 저기서 부르면 저기로 가야 하는 공원일 뿐이었다.

사무실에서는 드러내놓고 티를 내지 않았지만 현장에서 일하다가 뽑혀온 중졸이라고 은근히 무시하는 분위기였다. 사환이 따로 있는데도 툭하면 잔심부름을 시켰다. 검사과 현장으로 돌아가고 싶었다. 학벌 따위 신경 쓰지도 않고, 촌년이라고 무시하지도 않고, 서로 도와가면서 일하는 재미도 있고, 분위기가 좋았는데 사무실은 전혀 달랐다.

남자 사원들은 이름에다 씨 자를 붙이고 직급이 있으면 이름 뒤에 직급을 붙였다. 여자 사원들은 모두 미스 권이니, 미스 김이니 하면서 성 앞에다 미스를 붙여서 불렀다. 나는 막내라서 미스 권 언니, 미스 김 언니 하면서 모든 여자 사원들에게 언니 자를 붙여야만 했다. 나는 미스 리로 불렸다. 미스 리라고 불리는 순간 나는 서울 사람이 된 것 같았다. 은오라는 이름이 좋았는데 그 이름은 현장을 나오면서 떨어져 나갔다.

양모 실험하는 일은 전주여고 출신의 일 년 선배와 둘이 나눠서 했다. 잘할 수 있을까 걱정되었다. 수입해야 할 양모의 샘플을 현미경으로 들여다보면서 한 올 한 올 굵기를 재야 해서 눈이 피곤했다. 그렇지만 내 책상도 있고, 다른 고졸 여직원들과 똑같은 유니폼을 입고 같은 일을 하고 있다는 자부심으로 내 자존감을 추켜올렸다. 총무과에 가서 내 이력서를 들춰보지 않는 한 내가 중졸이라는 것을 알아챌 수는 없을 것이다. 속으로는 잔뜩 주눅이 들었지만 티를 내지 않으려고 기를 썼다.

기숙사 한방에 사는 기획과 미스 권 언니는 집이 연희동인데도 출퇴근하기 귀찮아서 기숙사 생활을 했는데, 얘기하다 보니 창덕여고 출신이었다. 고향 친구라도 만난 것처럼 반가웠다. 나도 그 학교에 다닐 뻔했다고 말할 수는 없었지만 왠지 선배 같은 생각이 들어서 마음이 갔다. 그 언니는 음악을 좋아해서 언제나 트랜지스터라디오를 귀에 대고 다녔다. 아침 일곱시엔 언니가 틀어놓은 클래식 방송이 알람이 되었다. 방에서 언니가 제일 고참이라 아무도 뭐라고 하지 못했다. 우리 방 식구들은 덕분에 꼼짝없이 클래식 애청자가 되었다. 나도 처음에는 클래식이 귀에 들어오지 않았지만 날이면 날마다 듣다 보니 자연스레 클래식 음악을 좋아하게 되어서 미스 권 언니와 더욱 친밀하게 지냈다.

"미스 리, 이번 토요일에 뭐 해?"

"암 것두 안 하는디유."

"종로에 있는 르네상스 음악 감상실에 갈 건데 같이 갈래?"

"갈 때는 같이 가더라두 언니는 집으루 갈 거 아녀유. 지 혼자 워치키 온대유?"

"아유, 이 촌닭. 그놈의 유 자는 언제 떼어버릴 건데? 언제까지 기숙사에 갇혀 지낼 거야? 서울에 왔으면 종로에도 가보고, 남산에도 가보고 해야지. 걱정 말아. 버스 태워줄 테니까."

서울 와서 일 년 반 만에 처음으로 시내 구경을 했다. 버스가 한강 다리를 건너는데 문득 눈보라 휘몰아치던 날이 생각났다. 그때는 우느라고 차창 밖의 풍경 따위는 눈에 들어오지도 않았다.

종로의 르네상스 문을 열자 오케스트라의 웅장한 음악이 달려 나왔다. 주춤거리고 있는 나를 미스 권 언니가 잡아끌었다. 실내는 어두컴컴했다. 자리를 잡고 앉아서 한동안 있으니까 어둠에 눈이 익었는지 사람들이 보였다. 의자에 깊숙이 앉아 몸을 거지반 누이듯이 하고 눈을 감고 있는 사람들이 대부분이었다. 음악 소리가 쩡쩡 울렸다.

"미스 리, 그만 좀 두리번거려. 촌티 나잖아."

미스 권 언니가 내 귀에 대고 소리쳤다. 부끄러워서 볼이 달아올랐다. 기숙사에서 책이나 보고 있을 걸 공연히 따라 나온 것 같았다. 그렇지만 사람들은 음악에 푹 빠져 있어서 아무도 내게 관심을 두는 것 같지는 않았다. 음악이 바뀌어서 익숙한 음악이 나오자 마음이 진정되었다. 서울 사람들은 이렇게 사는구나. 나도 서울 사람으로서 첫발을 내디딘 것이다.

미스 권 언니가 라디오 방송국으로 음악 신청 엽서를 보내자고 했다. 우체국에 가서 우편엽서를 한 묶음 사서 방송국에 나란히 음악을 신청했다. 음악을 신청해놓고 혹시나 방송될까 하고 아침마다 기다렸다. 드디어 다섯번째 보냈던 엽서가 방송을 탔다. 베르디의 오페라 「아이다」 중에서 「개선 행진곡」. 방송에서 내 이름이 불리자 나는 뛸 듯이 기뻤다. 마침 시민회관에서 오페라 「아이다」를 공연하고 있는 오페라 단원에게서 티켓까지 받았다.

미스 권 언니는 시샘을 하면서도 바바리코트를 빌려주었다. 언니가 가르쳐준 대로 광화문 가는 버스를 타고 시민회관에 가서 난생처음 오페라를 관람했다. C석의 맨 끝자리라서 무대는 아득하게 멀었다. 공연은 화려하고 음악도 웅장했지만 길고 긴 오페라는 지루하기 짝이 없었다. 하지만 티켓을 보내준 단원에게는 아주 재미나게 잘 봤다고 엽서를 보냈다. 몇 번의 엽서가 오고 간 끝에 우리는 '르네상스'에서 만났다.

나는 미스 권 언니와 동행했고 그 사람도 친구와 같이 나왔다. 나는 꿔다 놓은 보릿자루처럼 앉아서 애꿎은 물만 들이켜고, 대화는 언니와 그 사람의 친구가 이어나갔다. 로맨스가 생길 법한 분위기였지만 나는 그 분위기를 탈 줄 몰랐다. 분위기는 미스 권 언니가 이끌어갔다. 언니는 그 사람의 친구와 맘이 잘 맞았는지 얼마 안 가 결혼을 했다. 퇴사하고 기숙사를 떠나면서 트랜지스터라디오를 내게 선물로 주고 갔다.

"중매 잘하면 옷이 한 벌이라는데, 이거라도 가질래? 산 지 일 년밖에 안 된 거야. 한 번도 고장 안 났어. 일제거든. 아주 소리가 좋아."

"정말 지가 가져두 돼유? 중매는 지가 무슨 중매를 했다구 그려유."

"안 되겠다. 그놈의 유 자를 떼어버리는 날 줘야겠어."

"아니야요, 당장 떼버릴 거야요."

"그것 봐. 쉽잖아. 말끝에다 요 자만 붙이면 되는 걸 그게 그리 어렵니? 이제 서울 온 지 이 년 찬데 서울 사람 된 거지. 서울말을 써야 더 교양 있고 세련돼 보이는 거야."

언니는 좋아하는 사람과 결혼하게 되어서 무척 행복해 보였다. 그나마 나를 챙겨주던 언니가 떠나는 게 서운했지만 결혼해서 나가는 것이니까 축하해줘야지. 언니가 나가고 나서는 내가 그 라디오로 아침을 열었다.

봄비가 오락가락하던 날이었다. 새로 들어온 양모도 없어서 책을 보고 있는데 사무실로 사감 선생이 전화를 했다. 급한 일이니까 조퇴하고 기숙사로 올라오라는 것이었다.

"뭔 급한 일이래유?"

"검사과 이영옥이가 약을 먹은 것 같아. 겨우 정신을 돌려놨는데 기획실 이미자만 찾아. 사무실에서 알면 곤란해지니까 너만 알고 있어. 빨리 와야겠다."

"알았어유, 금방 올라갈게유."

직물 검사과에서 일할 때 영옥 언니는 내게 그리 살갑지 않았다. 반장이 내게 잘해주는 게 못마땅했던 것이다. 사무실로 가게 되었을 때도 영옥 언니는 잘됐다는 말조차 하지 않았다. 무슨 일로 약을 먹었고, 또 왜 나를 찾는 것인지 알 수가 없었다.

사감실로 들어가자 서성이던 사감 선생이 나를 붙들고 사정했다. 외출증을 끊어줄 테니까 영옥 언니를 데리고 나가서 세심히 살펴보고 잘 달래서 들어오라는 당부였다. 영옥 언니는 219호실에 죽은 듯이 누워 있었다. 나를 보자 눈물부터 쏟았다.

"언니, 무슨 일이래유? 약을 먹었다는 게 무슨 소리여유?"

"잠이 안 와서 수면제를 몇 알 먹었는데 사감 선생이 방마다 체크하다가 내가 출근 안 한 걸 알고 수선 피운 거야."

"수면제를 먹을 만큼 잠을 못 잔거믄 큰 고민이 있능게비네유. 어디 아픈 거유?"

"일단 나가자. 나가서 요 앞 대림다방에 있을 거니까 네가 두시에 퇴근하는 반장을 붙들어서 데리고 와줘."

"B반 반장 말하는 거유?"

"응, 내가 만나자고 하면 안 올 거니까 네가 할 말 있다고 하고 데리고 와. 부탁할게."

"알았어유. 한번 해보지유 뭐."

영옥 언니는 일어나서 세수하고 머리를 빗고 화장까지 했다.

노란 코트에 긴 머플러까지 두르고 나니 딴사람처럼 멋졌다.

"언니, 참 멋있어유. 지나가던 총각들이 다 뒤돌아보겠어유."

"괜찮어 보여?"

"야, 인주 언니보다 더 대학생 같어유."

"너두 얼른 옷 갈아입구 같이 나가자."

영옥 언니랑 기숙사를 나서는데 현관까지 사감 선생이 나와서서 내게 눈을 찡긋찡긋했다. 나는 걱정 말라는 뜻으로 손을 휘휘 저어 보였다.

퇴근하는 반장을 잡아 세워 팔짱을 냅다 끼고 대림다방으로 향했다. 반장은 싫은 기색 없이 나를 따라왔다. 영옥 언니는 다방 한구석에 등을 보이고 앉아 있었다.

"언니, 여기 반장님 뫼시구 왔으니께 지는 가유."

돌아서는 내 팔을 반장이 낚아챘다.

"어딜 내빼는 거야? 데리구 왔으면 책임을 져야지."

별일이네. 나는 멀찍이 떨어져 앉았다. 나는 홍차를 마시고 그 둘은 커피를 마셨다. 언니는 반장의 커피를 알아서 타주었다. 커피 하나에 프림 둘에 설탕 셋. 한두 번 타본 솜씨가 아니었다. 말없이 커피를 마신 영옥 언니가 벌떡 일어났다. 그 뒤를 반장이 따라 일어나면서 내 팔을 잡았다. 영옥 언니가 앞장을 서고 반장과 내가 그 뒤를 따랐다. 그동안 그쳤던 비가 다시 후두둑 떨어졌다. 영옥 언니는 둑방 길로 들어서더니 내처 들판으로 내달렸다. 반장도 나도 뛰었다. 빗줄기가 굵어졌다.

물에 빠진 생쥐 꼴이 되어서 들판 한가운데 있는 구멍가게 처마 아래에 셋이 나란히 섰다. 이가 딱딱 부딪히도록 추웠다. 영옥 언니가 반장을 좋아하는 눈치더니 그간 무슨 일이 있었던 게 분명했다. 그 둘 사이에 나는 왜 끼어 있는 걸까. 연애운이 지지리도 없지. 나는 매번 들러리나 서다가 청춘이 다 지나가고 말 것 같았다.

내가 일곱 살 무렵이었던 것 같다. 이웃에 사는 일가 아저씨뻘 되는 총각이 연애를 했다. 그 아저씨는 연인을 만나러 갈 때마다 나를 들러리처럼 데리고 다녔다. 사탕을 두어 개 쥐여주고는 산으로 들로 둘이 가는 곳마다 나를 데리고 다녔다. 철쭉꽃이 만발했던 동산에서, 개울물이 졸졸 흐르던 둑방에서 나는 풀꽃을 뜯으며 그 둘의 들러리를 서야 했다. 아마도 나는 그때부터 들러리 전문이 되기로 운명 지어진 모양이었다.

"청춘남녀 셋이서 늦봄에 얼어 죽었다구 낼 아침 신문에 나겠시유. 언제까지 덜덜 떨구 있어야 해유?"

"아이구, 우리 미스 리. 새파랗게 얼었네. 여기 택시!"

우리는 마침 지나가던 택시를 잡아타고 영등포로 나갔다. 영등포회관의 방에 셋이 마주 보고 앉아서 불고기를 먹었다. 뜨끈한 불고기 국물이 들어가니 살 것 같았다.

"오빠, 사랑해요."

느닷없이 영옥 언니가 고백을 했다. 잠깐 침묵이 흘렀다.

"어떡하냐? 나는 미스 리를 사랑하는데?"

반장이 나를 똑바로 보며 정색한 얼굴로 말했다. 이 무슨 날벼락인가.

"나는 빼줘유. 둘이 연애를 하든 결혼을 하든 맘대로 하겄지만서두 생뚱맞게 왜, 내가 거기 끼어드느냐 이 말이여유."

나는 벌떡 일어나서 그 방을 나왔다. 화가 났다. 영옥 언니는 반장이 나를 마음에 두고 있다는 걸 진작 알아채고서 나를 이용한 것이다. 반장도 말이 안 되는 게, 아닌 밤중에 홍두깨도 유분수지 사랑이라니. 그렇게 나를 좋아했으면 눈치라도 보였어야 하는 게 아닌가. 이 황당한 자리에서 고백 아닌 고백을 하는 건 도대체 무슨 경운가. 부아가 치밀어서 영등포 거리를 비를 맞으며 싸돌아다녔다. 어디를 헤매고 다니다가 어떻게 기숙사로 돌아왔는지 생각나지 않았다.

종일 비를 맞은 탓인지 생뚱맞은 고백 탓인지 그 밤에 열이 펄펄 끓고 생몸살이 났다. 자다 깨다 하면서 꿈속에서 헤맸다.

흰 저고리에 검정 통치마 차림의 엄마가 앞서간다. 엄마는 뒤돌아보며 손짓하다가 나를 기다리지 않고 성큼성큼 걸어간다. 나는 아무리 뛰어도 엄마를 따라잡을 수가 없다. 엄마, 같이 가.

"웬 잠꼬대를 이렇게 심하게 해? 미스 리, 꿈꿔?"

나는 깨어났다가 다시 까무룩 꿈속으로 빨려 들어갔다. 운동회 날이라 하늘에는 만국기가 가득하다. 나는 엄마가 만들어준 예쁜 족두리를 쓰고 부채춤을 추고 있다. 너울너울 부채 춤을 추면서 너울너울 하늘로 올라간다. 뭉게구름 속에서 엄마가 손짓한다. 엄마, 먼저 가면 어떡해. 나도 같이 가.

"미스 리, 미스 리. 정신 차려. 어린애처럼 웬 엄마를 부르고 난리야."

미스 정 언니가 근심 어린 눈길로 나를 흔들어 깨웠다. 일어나 앉으니 천장이 빙그르 돌았다.

"온몸이 불덩어리야. 안 되겠다. 더 누워 있어. 출근하면 보건실에서 약 타다가 사환 시켜서 올려 보낼게."

사환 아이가 가져온 약을 먹고 나니 조금 정신이 들었다. 눈앞에 족두리가 오락가락했다. 엄마가 골판지에 먹물을 칠해서 모양을 잡고 실에 구슬을 꿰어 정성스레 만들어준 내 족두리는 하도 정교하고 예뻐서 운동회가 끝난 다음에도 교실 뒤에 진열되어 있었다.

집에 가고 싶었다. 엄마랑 같이 살던 고향집에 가고 싶었다. 그러나 돌아갈 집이 없었다. 엄마가 없는 집은 우리 집이 아니었다. 그렇다고 지금 엄마가 사는 집을 우리 집이라고 할 수 있을까. 비 오던 날의 고백 사건은 아무리 아파도 돌아갈 집이 없다는 사실만 뼈저리게 느끼게 하고 일단락되었다.

영옥 언니는 언제 그런 일이 있었느냐는 듯이 선을 보고 가을도 오기 전에 시집을 가버렸다. 반장은 또 다른 여공과 염문을 퍼뜨렸다.

6장
필하모니

경리과 미스 정은 독서광이었다. 내가 라디오를 귀에 대고 걸어 다니듯이 미스 정의 손에는 언제나 책이 들려 있었다. 소등 후에 복도에 나가서 책을 보다가 사감 선생한테 몇 번이나 쫓겨 들어오곤 했지만 사무직이라서 그런지 퇴실 당하지는 않았다.

"미스 정 언니, 그 책은 다 사서 보는 거여유?"

"아니, 노조 사무실에서 빌려 보는 거야. 거기 사무실 벽을 빙 둘러서 책장이 있는데 세계문학전집부터 한국문학전집, 무협지, 없는 책이 없어. 관심 있으면 너도 가서 빌려 봐."

미스 정 언니는 목침처럼 두꺼운 책을 읽는 중이었다. 『바람과 함께 사라지다』.

"언니, 그 두꺼운 책을 어느 세월에 다 읽는대유?"

"너, 아직 소설의 맛을 모르는구나. 우리가 알지 못하는 전혀 딴 세상 얘기가 숨이 막히도록 재미있어서 밤을 꼴딱 새울 지경인데?"

나도 책 읽는 걸 좋아했지만 아직 숨이 막히도록 재미있는 책은 만나보지 못했다. 고향에서는 책을 빌려 볼 데가 없었다. 책방이 하나 있었는데 책을 사서 볼 처지가 아니었다.

점심시간에 노조 사무실에 들러보았다. 언니 말대로 책장 가득 빼곡하게 책이 꽂혀 있었다. 『안나 카레니나』를 뽑아 들었다. 『바람과 함께 사라지다』만큼 두꺼운 책이었다. 두껍고 재미난 책? 한번 읽어보지 뭐. 뾰족이 다른 할 일도 없는데.

어려웠다. 재미는커녕 이해가 되지 않았다. 『데이비드 코퍼필드』도 『전쟁과 평화』도 어려웠다. 내가 뽑아 든 책은 모두 두꺼웠고 어려웠다. 세계문학은 내게 무리구나, 한국문학 전집부터 읽자. 한국문학은 책장이 술술 넘어갔다. 어느새 내 손에는 라디오 대신 책이 들려 있었다.

쉬는 날이 고역이었다. 공장 앞 큰길 건너에 대림극장이 문을 열었다. 방 식구들이 모두 외출 나간 기숙사에서 하루 종일 뒹굴며 책을 읽는 것도 싫증이 나서 일요일에는 영화를 보기로 했다. 극장표 한 장에 두 편을 볼 수 있었다. 외국영화 한 편 한국영화 한 편. 화면에 비가 줄줄 흐르다가 툭 끊어지기도 했지만 드문드문 앉아 있는 사람들 틈에 없는 듯이 앉아서 영화를 보노라면 하루가 후딱 지나갔다. 어떤 날은 영화관에 한번 들어가서 네 편이나 보고 나오기도 했다. 한방에 일곱이나 같이 살았지만 다 따로 놀아서 나는 늘 혼자였다. 혼자 책을 읽고, 혼자 영화를 보고, 혼자 라디오를 들었다. 어쩌면 중졸이라는 자격지심이 그녀들로부터 지레 떨어져 지내게 했는지도 몰랐다.

쉬는 날이면 엄마네 집에 가볼까 하는 생각을 하지 않은 건 아니지만 선뜻 발걸음이 내키지 않았다. 몇 년을 남처럼 살았는데 엄마네 집에 가도 괜찮은 걸까. 무엇보다 엄마가 그다지 보고 싶지 않았다. 내 엄마라기보다는 동생들의 엄마인 것 같았다. 동그란 눈을 반짝이며 나를 언니라고 부르던 영식이와 내 돌림자를 딴 여동생 미순이는 보고 싶었지만 일요일이면 집에 있을 새아버지와 마주치는 게 두려운 마음이 발길을 붙잡았다.

노조 사무실 책장의 책을 거의 다 섭렵했다. 한국문학전집을 다 읽고 나서 세계문학전집에 달려들었다. 우선은 얇은 책부터 시작해서 날로 두꺼운 책으로 옮아갔다. 소설이 나를 잡고 놓아주지 않았다. 겉멋에 들고 다니던 책에 진심으로 푹 빠져서 다 읽고 나면 다음 읽을 책에 눈독을 들였다. 소설 속의 세계는 신세계였다.

기획실에 새바람이 불었다. 결혼 적령기였던 여사원들이 결혼해서 나가고 그 빈자리에 신입 사원들이 들어왔다. 대졸 남자 사원 둘에 고졸 여자 사원 하나에 고졸 남자 사원 둘. 여자 사원은 나와 동갑이었고 고졸 남자 사원은 갓 공고를 졸업한 새내기였다. 어영부영 내가 기획실의 고참이 되어 있었다. 여자 사원의 이름은 이정순이었다. 키가 컸다. 나는 그냥 미스 리, 이정순은 키 큰 미스 리로 불렸다. 키 큰 미스 리는 성격이 활달했다. 신입 사원들은 내가 중졸인 걸 몰랐다. 내 입으로 떠벌리지만 않는다면 나는 고졸인 척 지낼 수가 있었다. 얼마 안 가 나는 그녀와 단짝이 되었다. 키 큰 미스 리는 서울에서 나고 자라 고등학교를 다녔기 때문에 서울 지리에 훤했다. 토요일이면 그녀와 함께 명동 거리를 휩쓸고 다녔다. 미도파백화점 구경도 하고, 새로 오픈한 코스모스백화점에서 에스컬레이터를 타고 오르락내리락하는 것도 재미있었다.

"너, 종로 르네상스 가봤어?"

"응, 가봤어."

"어쭈, 클래식파네? 어땠어? 나는 거기 별루야. 어수선해서 음악에 집중이 안 돼. 충무로 필하모니는?"

"아니."

"그럼 이번 토요일에는 필하모니에 가자. 클래식 감상은 필하모니지. 휴게실 따로 감상실 따로 있어서 분위기가 죽여줘. 꼭 음악 홀에 있는 것 같아. 음향이 얼마나 좋은데, 여태 거길 못 가봤다니."

토요일 오후에 통근 버스를 타고 시내로 나가서 미도파백화점 앞에서 내렸는데 대졸 남자 신입 사원 둘이 따라 내렸다.

"명동 가시나요?"

"아니요, 우리는 미스 리들 가는 데 따라가려고요."

"우리는 필하모니에 갈 건데요?"

"어? 필하모니에 가세요? 그럼, 클래식파?"

"왜, 대학생들만 클래식 좋아하는 줄 알았어요?"

키 큰 미스 리가 가시 돋친 목소리로 되물었다. 나는 고등학교 콤플렉스, 키 큰 미스 리는 대학교 콤플렉스가 있는 것 같았다. 신입 사원 P는 한양공대 출신이었다. 그는 서울공대 출신 S에게 기가 죽어 보였다. 서울공대 출신은 유학파에 주눅이 들려. 다행히도 기획실에 유학파는 없었다. 그놈의 학력 콤플렉스는 어디가 끝이려나. 우리 넷은 앞서거니 뒤서거니 하며 명동을 가로질러 충무로 필하모니로 갔다. 휴게실에 어색하게 마주 앉아서 파인주스를 마셨다. 남자 둘에 여자 둘, 그림은 더블데이트였다. 나하고는 활달하게 말을 잘하던 키 큰 미스 리도 섣불리 대화를 이어가지 못했다. 서울내기도 나처럼 연애 경험이 없는지 숫보기처럼 굴었다.

"기획실 분위기 어때요? 이제 좀 파악이 되셨나요?"

아무래도 기획실 고참인 내가 나서야 할 것 같아서 말을 꺼냈다.

"수주 받아서 직물 설계하고 양모 수입부터 원단이 나오기까지, 세세한 과정을 다 익히려면 아직 멀었어요. 과장님이

학교에서 배운 것 다 버리고 새로 익히라네요. 선배님이 많이 가르쳐주세요."

"선배는 무슨? 공장 밥 몇 년 먹었지만 허당이에요. 저는 아무것도 몰라요. 양모 실험하고, 직물 설계한 것 몇 부 베껴서 다른 과에 전달할 뿐이에요."

나는 나도 모르게 서울말을 하고 있었다. 말끝마다 요 자를 붙여가면서.

"피 끓는 청춘들끼리 기껏 회사 얘기만 할 겁니까. 모차르트에 푹 빠져봅시다."

신입 사원 S의 말에 우리는 주섬주섬 일어나 감상실로 자리를 옮겼다. 누가 시킨 것도 아닌데 자연스레 남자 여자가 짝꿍이 되어 감상실의 푹신한 의자에 푹 파묻혔다. 마침 모차르트의 교향곡 40번이 감상실을 가득 채웠다. 가슴이 쿵쾅거렸다. 음악 소리 때문만은 아닌 것 같았다.

이 일을 시작으로 우리 넷은 토요일마다 필하모니를 찾았다. 신입 사원 P는 키 큰 미스 리를 마음에 두고 있는 눈치였다. 그러나 키 큰 미스 리는 신입 사원 P에게 관심이 없고 S에게 호감을 느끼는 것 같았다. 나 역시 신입 사원 S만 보면 가슴이 쿵쾅거려서 누가 그 소리를 들을세라 혼자 얼굴을 붉힐 따름이었다. 신입 사원 S는 토요일마다 내 옆자리에 자리를 잡았다. 그렇다고 무슨 사인을 주는 것도 아니었다. 우리는 자연스레 클래식 동호인 모임이 되었다. 아무런 약속이 없어도 우리의 토요일은 언제나 필하모니였다. 여름이 가고 가을이 왔다. 우리는 토요일마다 머리가 멍해지도록 음악을 듣다가 어두워진 명동 거리를 걸어 내려와서 명동칼국수를 먹고 헤어졌다.

"그냥 헤어지기 섭섭한데 악수나 하고 헤어지죠?"

"월요일이면 볼 텐데 새삼스레 악수는?"

S가 내민 손을 뿌리치기 민망해서 마주 손을 잡았다. 그가 손안에 숨겼던 쪽지를 내게 건넸다. 나는 얼떨결에 쪽지를 주머니에 숨겼다. 기숙사에 돌아와서야 쪽지를 펼쳤다. 내일 오후 1시 대한극장 앞. 내가 그 영화를 보고 싶다고 하기는 했다. 어쩌지? 늘 붙어 다니던 키 큰 미스 리와 상의하면 딱 좋을 사안인데, S에게 호감이 있는 키 큰 미스 리에게 말할 수는 없었다. 용기를 내어 S와 단둘이 영화를 보았다. 뮤지컬 영화 「남태평양」. 발리에 주둔한 미군과 발리 원주민 아가씨의 사랑 이야기, 결코 이루어질 수 없는 사랑이었다. 발리의 아름다운 자연과 음악이 어우러져 영화에 푹 빠졌다. 아니, 빠진 척했지만 나는 처음 느끼는 야릇한 감정에 휘둘리고 있었다. 어느 순간 S가 내 손을 슬그머니 끌어다가 그의 가슴께에서 깍지를 꼈다. 뜨거웠다. 나는 그 손을 뿌리치지 않고 가만히 뜨거운 손이 전달하는 S의 숨결을 느꼈다. 그날 우리는 필하모니에서 음악 감상은 하지 않고 파인주스만 마시고 헤어졌다. 드디어 내게도 사랑이 찾아온 걸까. 온갖 망상으로

뒤척이느라고 그 밤을 꼬박 새웠다.

월요일 날 S가 사무실에 청첩장을 돌렸다. 신부는 대학교 일학년 때부터 사귀던 서울대 문리대 출신의 아가씨라고 했다. S가 제대하고 취직하기만을 눈 빠지게 기다리다가 드디어 날을 잡았다는 소문이었다. 그러면 그렇지, 중졸에다 고아나 다름없는 내가 언감생심 서울공대 출신을 넘봤던 거네. 때로는 자격지심이 정신 차리는 데 도움이 되기도 한다. 결혼을 앞두고 잠깐 흔들렸던 걸 착각했으니 한심했다. 아무렇지도 않은 척했지만 아무렇지 않은 게 아니었다. 얼이 반이나 빠져서 실수가 잦았고 낮에는 근근이 버티다가 기숙사에 돌아가면 밤새 꿍꿍 앓았다. 생각보다 내 짝사랑이 깊었던 것 같았다. S의 결혼식 날에는 기어이 새벽 기차를 타고 말았다. 암암리에 계획했던 일이었다. 그러나 촌사람들의 대책 없는 활기와 생명력에 떠밀려 돌아오고 말았다.

S는 결혼한 뒤에도 토요일의 음악 감상을 계속했다. 굳건히 내 옆자리를 지키면서.

"유부남은 빠지시지? 꽃 같은 색시가 기다리시는 신혼집으로나 가셔."

P의 이죽거림에도 S는 묵묵히 토요일의 필하모니를 즐겼다. 그러는 S의 마음을 알 길이 없었지만 음악 소리 가운데서 그의 숨소리를 찾고 있는 나를 문득 느꼈다. 그럴 때마다 그 부끄러움은 홀로 감당해야 할 몫이었다. 그의 마음도 내 마음

도, 참으로 알 수 없는 게 사람의 마음이었다.

나는 그럴싸한 연애도 실연도 못해본 채, 기획실에서 가장 나이 많은 스물다섯 살 노처녀가 되어 있었다. 이대로 기숙사에서 지내다가는 엄마와 화해하지도 못하고 처녀 귀신이 될 것만 같았다. 엄마는 이따금씩 사무실로 전화를 해서 왜 집에 안 오느냐, 맛있는 거 해놨으니 놀러 오라고 했지만 나는 등산을 간다든지 특근을 해야 한다든지 핑계를 대면서 엄마 십에는 통 들르지 않았다. 그런데 엄마가 방 세 칸짜리 집을 장만했으니 꼭 놀러 오라고 전화를 했다. 엄마네 집에서 살아보면 어떨까. 큰맘 먹고 엄마 집을 찾았다.

"엄마, 나 기숙사 밥 지겨운데 엄마 집에서 회사 다닐까?"

"그러잖아도 아버지하고 의논했어. 너를 언제까지 기숙사에 둘 거냐고 하시더라. 이제 방도 넉넉하니까 언제라도 들어와."

"아버지? 꼭 아버지라고 불러야 되나?"

"그렇겠다. 너는 아버지라고 부른 적이 없어서 선뜻 입이 떨어지지 않겠지. 급할 거 없어. 입에서 자연스레 나오면 아버지라 부르고, 굳이 아버지라 부르지 않아도 화낼 사람은 아니야."

"그래도……"

"그렇게 계속 기숙사에 있다가는 사람 만나기도 어려워. 이 사람 저 사람 만나봐야 좋은 사람을 만나서 시집도 갈 거 아니냐."

"시집을 가긴 가야겠지?"

"애가 무슨 소릴 하는 거야? 처녀가 나이 찼으면 좋은 짝을 만나서 가정을 이뤄야지. 그래, 회사에 마음에 드는 총각이 그리도 없어?"

"엄마는, 나하고 수준이 맞는 사람이 있어야 말이지."

"수준은 무슨 수준 타령이야? 청춘남녀가 눈 맞으면 그딴 거 뛰어넘고도 남지."

"아이구 우리 엄니, 언제부터 이렇게 신식이 되었대?"

"청춘에는 구식이나 신식이나 똑같은 거야. 너는 『춘향전』도 안 읽어봤어?"

"그야 춘향이가 절세미인이었기에 가능한 얘기지."

"우리 미자가 춘향이보다 못할 건 또 뭐구?"

엄마 눈에는 내가 춘향이처럼 예뻐 보이는 걸까. 마음이 놓였다. 부모 자식 간에는 세월도 훌쩍 뛰어넘을 튼튼한 끈이 이어져 있는 것 같았다. 나는 바로 다음 주에 짐을 싸 들고 엄마 집으로 들어갔다. 엄마는 그동안 하지 못한 엄마 노릇을 벌충이라도 하듯이 내게 정성을 쏟았다.

어쩌다가 한번 보는 거하고 한집에서 같이 사는 것은 천지 차이였다. 엄마의 결혼 생활이 행복해 보이지 않았다. 경제권은 새아버지가 꽉 틀어쥐고 돈 쓸 일이 생기면 일일이 새 아버지에게 타서 쓰는 눈치였다. 엄마보다 스무 살이나 나이가 많았던 새아버지는 수시로 전화해서 엄마를 감시했다. 평

일은 물론 일요일에도 아버지의 시간은 오로지 집 안에서 엄마와 함께였다. 남 보기에는 정이 좋아서 붙어 지내는 것처럼 보일지 모르지만 내 눈에는 새아버지가 구속하는 것으로밖에 보이지 않았다. 엄마는 남들 다 하는 파마도 못하고 생머리를 길러서 뒤로 질끈 묶고 지냈다. 엄마가 곱게 화장도 하고 예쁜 옷을 입고 나들이도 갔으면 해서 화장품과 새 옷을 선물했다가 엉뚱하게 그 불똥이 엄마에게 튀었다. 어떤 젊은 놈을 보고 다니느냐, 새 옷 입고 화장하고 어디를 갔느냐. 새아버지는 자기의 상상력을 총동원하여 밤새도록 엄마를 들볶았다. 내가 선물한 거라고 아무리 말을 해도 새아버지는 믿지 않았다. 의처증으로밖에는 볼 수가 없었다. 의처증에는 약도 없다는데 결혼이라는 올무에 갇혀서 살아야 하는 엄마가 우리에 갇힌 짐승처럼 애처로웠다. 엄마는 팔자소관으로 돌리고 그 모든 행패를 묵묵히 견뎌내는 것 같았다. 내가 엄마 집으로 들어가는 게 아니었다. 그렇다고 그냥 나올 수도 없는 노릇이었다. 엄마는 그 집에서 계속 살아야 하니까 나로 인해서 또 다른 빌미를 새아버지에게 주면 안 되었다. 그 집에서 나오는 길은 결혼뿐이었다. 연애도 못하는 주제에 결혼인들 쉬울까. 엄마가 나서는 수밖에 없었다.

"어디 나가지 말고 동생들 공부 좀 봐줘라."

엄마는 일요일이면 나를 집에다 붙들어두려고 했다. 하지만 새아버지가 집에 있는 일요일이면 나는 무슨 핑계를 대서라도 집을 나섰다. 회사 사람들과 등산도 가고, 영화도 보았다. 그 와중에 낯선 아주머니들이 들락거리면서 나를 보고 가는 눈치였다. 중매쟁이들이었다.

세 번 선을 보고 나서 곰곰이 따져보았다. 그중 한 사람이 내 계산에 맞아떨어졌다. 외동아들이지만 부모님과 따로 살아도 되고, 대졸에다 지방공무원에 작은 아파트도 마련해놓았다고 했다. 단지 흠이라면 나이가 나보다 열 살이 많았다. 그쪽에서는 내 학력이나 집안을 보지 않고 나를 마음에 들어 했다. 남자 나이 서른다섯이니 서둘러 날을 잡자고 했다. 부모님이 나이가 많은데다 병약해서 서두르는 품이었다. 영화에서나 볼 수 있는 꿈같은 사랑은 어차피 내 팔자에 없었다. 그냥 대충 맞춰서 살면 되는 것이다. 엄마는 신랑감이 나이가 많다고 펄쩍 뛰었다. 그럴 거라면 애당초 맞선 자리를 마련하지 말 것이지 뒤늦게 반대할 건 뭐람. 엄마는 중매쟁이가 신랑감의 나이를 속이는 바람에 일이 그렇게 되었노라고 했다. 하기는 엄마의 재혼 상대도 엄마와 스무 살이나 연상이었으니 나이 많은 사윗감이 탐탁하지 않았을 거였다. 나는 내 집안 형편이나 학력을 전혀 따지지 않는다는 게 가장 마음에 들었다. 중매결혼은 어차피 서로 재고 따져봐서 어지간히 맞으면 성사되는 게 아니었나.

엄마에게 나는 아직도 남 주기 아까운 귀한 딸이었는지도 몰랐다. 혼사는 그렇게 서두르는 게 아니다, 스물다섯이면 아직 급하게 혼인을 서두르지 않아도 된다며 엄마가 말렸지만 나는 결혼을 감행했다. 하루라도 빨리 엄마 집을 벗어나서 안락한 내 가정을 꾸리고 싶었다.

결혼식을 열흘 앞두고 사표를 썼다.

양성공으로 뽑히겠다고 달음박질을 하던 동료들은 아직도 현장에서 일하고 있을까. 방적과나 직포과는 숙련공으로 대접해주는 회사가 많아서 회사를 옮기는 경우가 많았다. 옮길 때마다 일당이 올라가니 이직하는 사람을 나무랄 수도 없었다. 나는 운이 좋았던 것일까 나빴던 것일까. 현장의 숙련공이 되었으면 모아놓은 돈이 훨씬 많았을 것이다. 그러나 돈 쓸 일이 없었던 터라 어지간한 혼수를 장만하는 데는 부족하지 않았다. 처음 목표했던 고등학교 진학은 멀어졌지만, 현장 언니들 눈에는 사무실 유니폼을 입고 일하는 내가 고졸로 보였을는지도 모른다. 무늬만 그럴듯한 화이트칼라 생활이었다. 촌년이라고 업신여김을 당할까 봐 날을 잔뜩 세우던 나를 가엽게 여기고, 하나하나 가르쳐주며 이끌어주었던 상사들과 동료들 덕분에 별 탈 없이 퇴직하게 된 것이다. 사람들이 왜 나를 곱게 봐주었을까. 내 안에 도사리고 있던 강직한 양반 기질이 은연중에 나타났던 것은 아니었을까.

초등학교 3학년 때 돌아가신 할아버지는 아비 잃은 나를 귀애하셨다. 언제나 무릎 위에 나를 앉히고 훈시를 하셨다. 우리 집은 양반 가문이다. 양반은 양반으로서 지켜야 할 체통이 있다. 봉제사를 올리는 법이며 내 문전에 들어온 손님을 후대해야 한다는 둥 어린아이가 듣기에는 까마득한 이야기를 되풀이하셨다. 가문의 뿌리에 대해서도 말씀해주시곤 했는데, 무슨 공파 몇 대손이라고 그렇게 일러주셨는데도 기억이 나지 않는다. 할아버지의 잘 다듬은 턱수염과 새참으로 막걸리 한잔을 마시고 나서 입가를 쓱 훔치던 모습만 생생할 뿐이다. 그 시절에는 아침마다 거지가 깡통을 두드리며 대문 밖에서 소리를 지르곤 했다.

"밥 좀 줘유……"

"너는 어제도 와서 얻어먹고 가지 않았느냐. 다음에 오거라."

할아버지에게는 규칙이 있었다. 한 번 왔던 거지는 연거푸 오면 안 되었다. 그리고 우리 가족이 밥을 거의 먹었을 즈음에라야 들어오라는 허락을 내렸다. 거지가 우리 집 마당을 들어서면 할아버지는 우물에 가서 깨끗이 세수를 하고 손을 씻고 건넌방 툇마루에 앉아서 기다리라고 일렀다. 간혹 씻기를 싫어하는 거지가 있으면 할아버지는 불호령을 내렸다.

"너 이놈, 언제까지 빌어먹고 살 셈이냐? 사람은 외관이 단정해야 앞길이 열리는 법이다. 더러운 꼴로 평생 구걸이나 하려면 우리 집에는 얼씬도 하지 말거라."

할아버지는 엄마에게 일렀다.

"우리 집에 온 손님이라 생각하고 정성껏 밥상을 차려내거라. 사람 위에 사람 없고, 사람 아래 사람 없느니라. 저 사람도 이번 전쟁 통에 집과 가족을 잃고 저 모양이 되었을 게다."

엄마는 개다리소반에 고봉밥과 찬 몇 가지를 차려서 거지에게 가져다주었다. 할아버지는 의용군으로 끌려가 아무런 소식이 없는 아들 대하듯이 우리 집 문전에 찾아온 거지들을 대접했다. 어린 눈에도 할아버지의 가슴속에는 얹힌 듯이 아버지가 걸려 있는 것 같아 보였다. 할아버지가 그렇게 일찍 돌아가시지만 않았어도 내 인생은 달라졌을 것이다.

7장
이산가족 찾기

시집살이는 무난했다. 신혼 초에 한 달간 시댁에서 지낸 것 말고는 이렇다 할 시집살이를 하지 않았다. 시부모님은 신식 교육을 받은 분들이었다. 살림살이에 서툰 것도 너그렇게 봐주셨고, 결혼한 지 석 달 만에 아기를 가진 것도 기뻐하셨다.

"우리 집에 복덩이가 들어왔네. 손이 귀한 집안인데 덜컥 손자부터 안겨주는구나. 집안이 잘되려면 사람이 잘 들어와야 하는데 그렇게 까다롭게 색싯감을 고르더니 우리 아들이 귀한 연분을 만났어."

남편은 과묵한 사람이었다. 도통 말을 하지 않아서 그 속을 알 수 없는데다 나이도 많은 터라 조심스러웠다. 산달이 되자 산후조리는 친정에서 해야 편하다고 친정으로 가라고 했지만 나는 시어머니께 산후조리를 부탁했다.

"딸이 없어서 산후조리는 해보지도 못할 줄 알았는데 우리 며늘아기 덕분에 산후조리도 해보는구나."

첫 손자를 안은 시어머니는 신바람이 나서 산후조리를 해주셨다. 나와 아기를 살뜰히 보살폈다. 산후조리를 하는 동안 시어머니와 정이 폭 들었다. 시어머니는 품성이 따뜻하고 정이 많으신 분이었다.

햇살 가득한 방에서 아기는 새근새근 잠을 자고, 라디오에서는 클래식 음악이 흘러나온다. 나를 귀히 여기는 시부모님과 믿음직한 남편, 나는 내가 꾸린 내 가정에 만족했다. 명절 때 말고는 친정 나들이도 하지 않았다. 나는 어설픈 친정보다 시집이 더 좋았다.

평온한 날들이 흘러갔다. 둘째로는 딸을 낳아서 남부러울 것 없는 가족을 이루었다.

1983년 2월 25일 오전이었다.

집안일을 마치고 느긋하게 커피 한 잔을 들고 라디오를 틀었다. 내가 좋아하는 모차르트의 「클라리넷 협주곡」이 흘러나왔다. 거실에 햇살이 가득 들어차고 두 남매는 사이좋게 놀고 있는 완벽한 날이었다.

갑자기 음악이 뚝 그치고 사이렌이 길게 울렸다.

"공습경보! 공습경보! 실제 상황입니다!"

다시 사이렌이 아파트 단지 전체에 울려 퍼졌다. 나는 그 자리에 굳어버렸다. 전쟁이 났다구? 또 북에서 쳐들어온 거야? 어떡하지?

"엄마, 불났어요? 사이렌이 엥엥 울어요."

"아니야, 괜찮을 거야."

나는 옴짝달싹도 할 수 없었다. 어렸을 때부터 귀에 못이 박이도록 들어왔던 전쟁 이야기. 그냥 이야기였을 뿐인데 실제 상황이라니. 밖으로 나가보든지, 남편에게 전화를 걸든지 뭐라도 해야 할 텐데 아무것도 할 수 없었다. 그러고서 얼마가 지났을까. 전화벨이 울렸다. 남편이었다.

"놀랐지? 전쟁 난 줄 알고? 아니야, 오보래. 걱정하지 말고 집에 가만히 있어."

또 전화벨이 울렸다. 엄마였다.

"애, 전쟁 난 거지? 어쩜 좋으냐. 어디루 피난 가야 하는 거여?"

"아니래, 아범한테서 전화 왔어요. 사이렌 잘못 울린 거라구."

"아니래? 조 서방이 그렇다면 맞겠지? 아휴, 한시름 놨네. 애덜은 학교 가구 없구 나 혼잔데 애들 데리러 학굘 가야 하나 어쩌나 발만 동동 구르고 있었다니까."

"다들 놀랐지. 실제 상황이라구 방송까지 해댔으니."

"저놈의 북한 김일성이는 명두 길어. 귀신들은 다 뭐 하고 자빠졌는지 몰르겄어."

"왜, 김일성이만 죽으면 통일될 것 같우?"

"그럼, 저놈이 뻗대구 있으니까 통일이 안 되는 거여."

"통일되면 뭐 하려구?"

"뭘 하든 말든 통일은 되구 봐야지. 너는 대한민국 국민 아녀? 웬 헛소리여?"

"그럼 날이면 날마다 김일성이 죽으라구 고사를 드리셔. 지성이면 감천이라구 벼락이라도 맞을 줄 알우?"

"이게 에미를 놀려?"

"헤헤, 나도 놀랐는데 엄마랑 얘기하고 있으니까 긴장이 좀 풀리네. 엄마도 걱정하지 말고 맘 편히 계셔요."

"알었다. 은제 집에 안 오냐? 김치는 안 떨어졌어?"

"김치는 시댁에서 가져다 먹으니까 우리 집 걱정은 붙들어 매셔."

"매정한 년 같으니라구. 남의 집 딸들은 친정에도 자주 오두만."

"그럼 그 집 딸 엄마 하면 되겠네."

"됐어, 이것아. 즌화 끊어."

엄마도 나도 그렇게 전화를 자주 하지 않았다. 성정이 매정한 탓도 있었지만 엄마와 나 사이에는 무엇인가가 가로막혀 있었다. 도대체 남들처럼 되지가 않았다.

아무리 정성을 들여도 김일성은 죽지 않을 것이고 통일도 되지 않을 것이다. 촌부의 정성 따위는 하늘에 가닿지 않는다는 것을 엄마는 진작부터 몸으로 깨우치고 있었을 테니까.

엄마는 동이 트기 전에 일어나서 몸단장을 하고 동네 우물에 물을 길러 갔다. 아무도 물을 긷기 전의 첫 우물물이 영험 있기 때문이었다. 마당에 우물이 있었지만 조왕님 전에 올리는 물은 동네 우물의 첫 우물물이라야 했다. 아버지의 밥그릇 가득히 새 물을 담아 부뚜막에 올려놓고 두 손을 싹싹 비비며 절을 한 다음에야 엄마는 쌀을 씻어 아침밥을 지었다. 비가 오나 눈이 오나 엄마는 하루도 거르지 않았다. 그러나 어서 통일이 되어 북으로 끌려간 아버지가 돌아오기를 빌고 또 빌었지만 통일은 조짐조차 보이지 않았다. 기다리다 지친 엄마는 나를 데리고 용하다는 점쟁이를 찾아 나섰다. 행여 좋은 소식이라도 들을 수 있을까 하고 나선 길이었지만 좋은 말은 듣지 못했다.

"얘 애비? 진작에 고혼이 됐네. 기다릴 거 없어. 죽었다니까. 살아 돌아온다면 내 열 손가락에 장을 지진다."

점쟁이는 양손을 쫙 펼쳐서 우리 눈앞에 흔들어댔다. 다른 점집을 찾아가도 누구 하나 아버지가 살아 있다고 말해주지 않았다. 아버지는 총알받이가 되어 어느 이름 모를 산기슭에 묻혀 있는가 보았다.

사이렌이 울린 다음 날 공식적인 발표가 있었다. 북한군 조종사가 비행기를 타고 귀순했다는 거였다. 북에서 비행기가 넘어오자 공습하러 오는 줄 알고 공습경보를 내렸던 것이다.

서울 사람들 가슴을 철렁 내려앉게 했던 공습경보는 해프닝으로 끝났다.

6월이 되었다. 나는 6월이 싫었다. 전쟁이 일어난 달이기도 하고 내 생일이 들어 있는 달이기도 해서 싫었다.

엄마는 툭하면 피난 갔던 얘기를 해서 그림을 그리래도 그릴 수 있을 것 같았다. 나를 낳고 한 달이 채 되지 않아서 6·25전쟁이 났고, 엄마는 몸조리도 하지 못한 채 향적골로 피난을 가야 했다. 읍내에 있는 집에 누워 있으면 대포알이 앞문으로 들어와 뒷문으로 나가서 집 뒤편에 있던 면사무소에 떨어졌단다. 향적골에는 피난 온 사람이 하도 많아서 부엌이고 외양간이고 사람 누울 만한 곳은 꽉 들어찼다. 산모라고 겨우 얻어 든 자리가 물이 졸졸 흘러가는 부엌이어서 거적을 깔고 누웠어도 바닥이 차고 습해서 몸이 퉁퉁 부었다. 찬 바닥에 갓난애를 누일 수가 없어서 엄마의 배 위에다 나를 재웠다고 했다. 그게 버릇이 되어서 돌이 되도록 나는 엄마의 배 위에서만 잠을 잤다는 거였다. 내가 태어난 지 두 달도 안 되었던 날, 아버지는 옆집 마루 밑에 굴을 파고 숨어 지내다가 그집 사람의 밀고로 의용군에 끌려갔다. 아버지가 내 얼굴을 보고는 간 거였다.

전화벨이 울렸다. 엄마였다.

"애, 테레비 봤냐? 테레비에서 이산가족 찾기 하는데 아주 그런 난리가 없다."

"응, 봤지. 하루 종일 그거만 하는데 어떻게 안 봐?"

"쌀쌀맞은 년 같으니라구. 그래, 넌 그걸 보구두 아무런 생각이 안 들어?"

"무슨 생각?"

"너두 찾을 사람 있잖어."

"내가? 누굴?"

"증말, 니 애비 찾아볼 생각이 안 드능겨?"

"아버지? 죽었다고 했잖어."

"누가 죽은 걸 봤댜?"

"그때, 엄마랑 점 보러 갔을 때 점쟁이가 죽었다구 그랬잖어."

"깼었다는 년이 점쟁이 말을 믿는 거여?"

"믿구 안 믿구를 떠나서 지금 테레비에서 찾는 거는 이남에서 헤어진 사람을 찾는 거라구요. 이북으로 간 사람을 어떻게 찾는다구 그랴? 아직까지 이남에 살아 있었으믄 벌써 집 찾아왔겠지. 어린애도 아니구 주소를 몰러?"

나도 모르게 충청도 사투리가 튀어나왔다. 정전 30주년을 기념하기 위해서 시작한 이산가족 찾기 프로그램은 전국을 눈물의 도가니로 몰아넣었다. 무슨 사연이 그리도 구구절절이 많은지, 텔레비전에 나온 사람도 울고, 진행하는 아나운서도 울고, 그걸 보는 시청자도 울었다. 그야말로 눈물 없이는 볼 수 없는 장면들이었다. 아닌 척했지만 나도 울었다.

나는 아버지의 이름 석 자만 알 뿐 얼굴을 모른다. 아버지는 사진 한 장을 안 남겼다. 설혹 사진이 있었다고 할지라도 난리 통에 소실되었을 것이다. 얼굴을 본 적도 없고 아무런 추억도 없는 아버지를 찾아내라고 강요하는 엄마를 이해할 수가 없었다. 엄마 역시 아버지와 함께 살았던 기간이 이 년이 채 되지 못했다. 그런데도 생이별을 당해서 그런 건지 엄마의 가슴속에는 아직도 아버지가 있는 것 같았다. 엄마는 매일 전화로 나를 다그쳤다.

"안적두 방송국에 신청 안 한 거여?"

"참 엄마두, 해당 사항이 아니라니까 그러네. 그러구, 찾으면 어쩔 건데? 엄마는 이미 딴사람한테 시집갔잖어. 아버지 볼 낯이 있어?"

나는 얼떨결에 안 할 말을 하고 말았다.

"매정한 년, 내가 문제냐? 나야 일찌감치 죽었다구 해뻔지면 돼야. 딸년이래두 이 세상에 자식 하나 떨궈놨으끼, 니가 자식 도리를 해야 한다 이거지."

"자식 도리? 그럼 아버지는 아버지 노릇 했나? 서로 안 했으니까 퉁치면 되겠네."

"어쩌고 어쩌? 퉁을 쳐? 이런 싸가지 없는 년, 관둬라. 됐다."

단단히 삐졌는지 한동안 엄마는 전화를 하지 않았다.

전쟁 통에 얼마나 많은 사람들이 생이별을 했는지 밀려드는 신청자들 때문에 여름에 시작한 방송은 가을을 지나 겨울까지 이어졌다. 피난길에 헤어지고, 먹고살기 어려워서 남의 집에 양자나 양녀로 보냈다가 헤어지고, 식모살이 보냈다가 헤어지고, 그 많은 사람들이 쏟아내는 사연들은 주말 연속극을 제치고 사람들을 텔레비전 앞으로 끌어들였다. 어떤 연속극보다 감동이 컸다. 만났구나, 또 만났구나. 만약에 내 아버지를 만난다면 저렇게 얼싸안고 울 수 있을까.

내가 초등학교를 다니던 시절에는 나처럼 아버지 없는 아이가 한 반에 열 명이 넘었다. 전쟁 통에 아기들이 많이 죽었는지 다른 학년은 5반까지 있었는데 우리 학년만 세 반이었다. 그중에 정숙이라고 친한 친구가 있었다. 정숙이 엄마는 남의 집살이하면서 딸을 교육대학까지 공부시켰다. 친정엄마가 살림을 도맡아 하고 친구는 교편생활을 이어나갔다. 학교 다닐 때는 친하게 지냈지만 나는 서울로 공장살이 가고 그 친구는 학교 다니면서 멀어졌다. 이산가족 찾기의 열기도 식어갈 즈음 몇 다리 건너서 번호를 알아냈다며 친구가 전화를 했다.

"찾았어, 나는 이번에 찾았다니까. 너도 찾았니?"

"뜬금없이 뭘 찾았다는 거야?"

"아버지를 찾았다구."

"그래? 이번 방송에서?"

"아니, 방송에서는 하도 신청자가 많아서 차례가 안 왔어. 여의도 방송국 주변에 전단지를 붙였는데 그걸 보고 그쪽에서 연락이 왔더라. 너는? 너도 아버지 찾아봤니?"

"아니, 나는 신청 안 했어. 우리 아버지는 북으로 끌려간 거 잖아. 네 아버지는 지리산 토벌대 나갔다가 연락이 끊겼다며?"

"그렇지. 아버지가 경찰이라 엄마가 나를 업고 먼저 피난을 내려왔는데 다른 친척들하고도 헤어지고, 휴전이 되면서 우리 고향이 휴전선 너머에 갇히는 바람에 헤어지게 된 거지."

"어땠어? 아버지를 만나보니 좋든?"

"말도 마라. 아버지는 십 년 전에 돌아가셨고, 작은어머니와 동생들 넷만 만났지. 수절하고 산 울 엄마가 하도 성화를 대서 신청했다가 아버지는 만나보지도 못하고 동생들만 수두룩하게 생겼어."

"그럴 수도 있겠다. 여자는 수절하고 살아도 남자가 수절했다는 소리는 못 들어봤으니까. 엄마가 참 허망하셨겠네."

"한동안 앓아누우셨지. 그래도 전쟁 통에 죽지 않고 잘 살다가 병으로 돌아가신 게 다행이라고 해야 하나? 모르겠다. 엄마가 나는 늘 아버지를 닮았다고 했는데 맞더라. 여동생이 나랑 똑 닮았어. 처음으로 아버지 사진을 봤는데 별 느낌은 없었어. 살아 계셔서 만났다면 모를까, 삼십 년은 참 긴 세월이지?"

생이별한 엄마들 마음은 다 같은 것 같았다. 엄마가 이 사실을 알면 어떤 심경일까. 그 긴 세월 속에서 무수한 일이 일어날 수 있다는 걸 간과하고, 내 아버지도 멀쩡하게 살아남아서 엄마와 나를 생각하며 통일이 될 날만을 고대하고 있을 거라는 엄마의 생각은 망상에 지나지 않은 건 아닐까. 정숙이가 아버지 찾은 얘기를 엄마에게 말해줘야 하나?

"너는 어떻게 된 애가 여름 다 가고 가을이 다 지나도록 즌화 한 통이 없냐?"

"궁금한 사람이 먼저 하믄 되지 뭘 따지구 그랴?"

"그래 잘났다. 목마른 사람이 우물 파는 벱이지. 니가 답답할 게 뭐 있냐?"

"엄마는 또 뭔 답답한 일이 생겼수?"

"뭔 일은 무슨 뭔 일. 그저 아무 소식이 없길래 잘 있나 하구 즌화한 거지."

"무소식이 희소식이지 뭐. 뭔 일 났어봐, 득달같이 전화했겠지."

"내가 무얼 잘못 먹고 저런 목석같은 딸을 낳았을꾸?"

"목석에서 목석 나왔겠쥬?"

"어휴, 베라먹을 년. 말하는 본새 좀 보라니."

"어째 엄마는 욕이 자꾸 느는 것 같네? 왜, 요새 미순이가 속을 썩이나?"

"왜 가만있는 미순이는 불러대? 지금 니가 욕을 청하잖어."

이상하게도 엄마와 전화를 하면 말이 곱게 나오지 않았다. 마음에도 없는 말이 불쑥 튀어나오는가 하면 인정머리 없는 말만 골라서 하게 되었다.

"엄마, 정숙이 알지? 연당께 살던 애. 공부 잘하고 키가 삐죽하니 컸잖아."

"바지랑대?"

"맞어. 엄마가 쟤네는 바지랑대 없어도 되겠다고 놀렸잖어."

"내가 언제 놀렸다구 그랴. 걔 별명이 바지랑대였지."

"정숙이가 저번에 전화했는데, 요번에 즈이 아버지 찾았다네."

"그랬어? 거봐라. 찾을 수 있댔잖어."

"걔네는 이남에서 헤어진 거잖아. 우리랑은 경우가 다르지."

"그래서, 만났댜? 그 과수댁은 소원 풀었네. 삼십 년 넘게 수절한 보람이 있구면."

"만나지는 못했대."

"왜? 찾았으면 당연히 만나봐야지."

"십 년 전에 돌아가셨다네."

"저런, 쯧쯧. 아까워라. 십 년 전에만 찾았으면 만날 수 있었던걸."

"새장가 들어서 애가 넷이나 되구."

"그렇겄지. 남자가 여자 없이 살겄냐."

엄마는 당신이 당한 일이기라도 한 듯이 갑자기 풀이 죽었다. 말을 하지 말 걸 공연히 말을 한 것 같았다.

"엄마, 요번 일요일에 우리 집에 올래? 불고기전골 해 먹자."

"니가 오면 내가 불고기전골 해주께."

"엄마, 엄마가 오는 게 간단하지. 애 둘 데리고 택시 타는 게 쉬운 줄 알어?"

"그럴까? 그런데 너, 불고기전골 할 줄은 알어?"

"그럼, 우리 시어머니가 얼마나 솜씨가 좋은데? 차근차근 가르쳐주셔서 웬만한 요리는 다 할 줄 알아. 나도 살림한 지 칠 년 차라니까."

엄마가 우리 집에 온 건 손에 꼽을 정도였다. 큰애 백일잔치, 돌잔치 때와 둘째 낳았을 때, 그리고 중앙난방 아파트로 이사했을 때. 시어머니가 자주 들락거린 탓인지 동생들이 어린 탓인지 엄마는 우리 집에 오지 않았다. 엄마도 은연중에 나나 남편을 어려워하는 기색이 분명했다. 영 내키지 않는지 엄마는 우리 집에 오지 않고 해를 넘겼다.

1985년 9월이었다. 텔레비전에서 남북 이산가족 상면을 중계하고 있었다. 울 엄마 또 흥분하시겠네. 나는 아무 감흥 없이 엄마를 떠올리고 있었다. 전화벨이 울렸다. 엄마일 것이다.

"애, 한다 해."

"뭘 또?"

"지금 테레비 틀어봐. 남북 이산가족 찾기 해서 지금 만나고 있어. 저런, 세상에나 마주 보고도 못 알아보네. 팍삭 늙은 데다 피죽도 못 먹은 몰골이니 알아보겠어?"

"왜 또 흥분하고 그러셔. 저 사람들은 북에서도 특별히 뽑힌 사람들일 텐데. 아무나 텔레비전에 내보내겠어?"

"여기서는 언제 뽑아 보냈대? 그러게 너도 진작 신청해놨으면 뽑혀서 평양에 갔을 건데, 위째 에미 말을 콧등으로도 안 듣는 게야? 에미 말을 잘 들으면 자다가도 떡이 생긴다는데 너, 내 딸이 맞냐?"

"그야 모르지. 엄마가 잘 알겠지. 나야 엄마가 딸이라고 하니까 딸인 줄 알고 산 거구."

"에구, 한마디도 안 져요. 그냥 네, 하구 이번에는 꼭 신청하겠습니다 하면 어디가 덧난다냐?"

"아 글쎄, 나는 아버지 보고 싶은 맘이 손톱만큼도 없다구요. 보고 싶든지, 알고 싶든지, 무슨 맘이 들어야 신청할 거 아녜요. 그렇게 보고 싶으면 엄마가 신청하면 되겠네."

"망할 년, 말이 되는 소리를 해라. 저렇게 나라에서 판을 깔아줄 때 나서서 해야지 우리 같은 민초들이 사사로이 할 수 있는 일이냐? 그러지 말구 신청해라. 엄마 소원이다."

엄마는 통사정이었다. 진작 전쟁터에서 죽었을지도 모르는데 왜 저러는지 이해가 가지 않았다. 왜 엄마는 아버지가 북에서 온전히 잘 살고 있다고 생각하는 걸까. 잘 살고 있다면 거기서도 새 가정을 꾸리고 있을 게 분명한데 만나서 어쩌려고 안달을 해대는지 모를 일이었다.

"아버지가 북에서 나를 만나겠다고 신청해서 연락이 오면 만나는 보겠지만 내가 먼저 신청하고 싶지는 않아. 삼십오 년이나 기다렸는데 더 못 기다릴 건 뭐야. 그런 줄 알고 계세요."

나는 매정하게 전화를 끊어버렸다. 말은 그렇게 했지만 속이 편하지 않았다. 아버지가 북에서 살아 있을 확률은 미미했다. 의용군으로 끌려갔다가 도망쳐 온 사람들의 얘기로는 우리 아버지를 비롯해서 그날 끌려갔던 사람들은 총 한번 만져보지도 못하고 총알받이로 나섰다가 전멸했다는 것이다. 쉬쉬하며 어른들이 하는 얘기를 나는 똑똑히 들었다. 엄마도 분명 들었을 거였다. 북에서라도 살아만 있었으면 하는 것은 엄마의 바람일 뿐이다. 만약에 아버지가 신청을 한다면 내 연락처는 알려줘야겠다는 생각에 엄마에게는 말하지 않고 남북 이산가족 찾기 사무국에 인적 사항을 올려는 놓았다. 해가 몇 번을 바뀌어도 연락이 오지 않았다. 북쪽과 남쪽에서 찾는 사람이 일치해야 성사가 이루어지겠지. 아버지는 전쟁터에서 희생된 것이 확실하다는 얘기였다.

　내가 아버지 찾는 데에 열심을 내지 않는 탓인지 내 귀에는 흉흉한 소문만 들려왔다. 북쪽의 가족을 만나서 돈만 날렸다는 얘기들이었다. 그쪽 사정을 알 수 없어서 처음 선물로 달러를 주었는데도 시큰둥했고, 중국의 브로커를 통해서 끊임없이 달러를 보내달라는 전갈이 오더라는 것이다. 오백이 들었다고도 하고, 천이 들었다고도 했다. 남한 사람들은 다 잘 사는 줄 알고 죽는소리를 하는데, 시달리다가 이쪽의 노모는 돌아가시고 빚만 남은 사람도 있다는 거였다. 생사만 확인하면 무엇 할 것인가. 얼굴만 한번 비죽 보고 말 뿐인 이산가족

찾기에 내가 왜 목을 매야 하는지 알 수가 없었다. 이러다가
는 통일마저 바라지 않게 될는지도 몰랐다.

2010년 남북 이산가족 찾기가 중단될 때까지 엄마는 희망
을 놓지 않았다. 어쩌면 그런 희망이라도 없는 것보다는 나은
것인지도 모르겠다는 생각이 들었다. 희망은 사람을 앞으로
나아가게 하는 힘이 있으니까.

8장
자기가 만드는 팔자

    수영 붐이 일었다. 잠실 종합운동장에 국제규격의 실내수영장이 있다. 시간적 경제적 여유가 있는 가정주부들이 수영 강습에 몰렸다. 수강 신청자가 너무 많아서 우선 신청을 하고, 추첨을 해서 뽑힌 사람만 수영 강습을 받을 수 있었다. 수영장의 스탠드에 앉아서 결과를 기다리고 있는데 걸걸한 여자의 목소리가 귀에 꽂혔다. 수영하는 팔자가 따로 있나? 다지 팔자 지가 만들면서 사는 거지. 이번에 안 되면 다음번에 신청하고, 나는 될 때까지 할 거니까. 그 말이 끝나기가 무섭게 그 여자가 환호성을 질렀다. 그 여자가 당첨된 것이다. 이번에도 틀린 모양이라고 일어서려는데 마지막으로 내 번호를 불렀다. 수영하는 여자가 되는 순간이었다. 수영 강습을 받는 것은 중산층으로 진입한다는 뜻이기도 했다. 좀 산다 하는 중년 여자들은 모두 수영 강습을 받는다는 것이 주부들 사이에 떠도는 소문이었다.

숨 틔기까지 육 개월이 걸렸다. 물속에서 숨이 자유로워지자 물결을 타고 놀기만 하면 되었다. 자유형을 시작으로 배영 평영 접영까지, 배워야 할 영법은 모두 네 가지였지만 나는 자유형에서 버벅거렸다. 배영에서는 똑바로 가지 못하고 리인에 걸리곤 했다. 수영에는 소질이 없는 모양이었다. 포기하기에는 아쉽기도 하고 오기가 나서 강습이 끝나면 어린아이들의 보조 수영장에서 죽자 하고 연습을 했다. 나처럼 연습하는 여자가 또 있었다. 우리는 자연스레 통성명을 하고 민증을 깠다. 우린 동갑이었다. 김삼순? 어디서 들어봤더라? 맞아, 한국모방.

"삼순이? 너, 은수 아냐?"

"어? 네가 어떻게 은수를 알아? 그 이름 안 쓴 지 이십 년도 넘었는디? 그러는 너는 이미자라고 했지? 맞아 너는 은오였어. 어렸을 적 얼굴이 아직 남아 있네. 후후, 낭랑 십팔 세였던 풋 청춘."

우리는 물속에서 깡충거리며 붙안고 뛰었다.

수영장 바깥 정원에 매점이 있어서 수영 강습이 끝나면 매점으로 우르르 몰려가서 빵이며 콜라를 사서 마시면서 놀다가 집으로 돌아가곤 했는데 그날만은 은수와 둘이 커피숍으로 자리를 옮겼다.

"그렇게 육 개월이나 같이 강습을 받으면서 왜 못 알아봤지?"

"당연한 걸 뭘 묻는다냐? 내가 한바탕 리모델링을 했걸랑. 코랑 눈이랑 양악도 했어. 너도 손 좀 댄 것 같은디?"

"어쩐지, 이렇게 도회적이지 않았어. 그냥 순박하게 이뻤지. 나? 쌍꺼풀만 했어. 가뜩이나 작은 눈이 자꾸 처져서."

"오메, 죄짓고는 못 살겠네. 이십 년도 더 되야서 이렇게 벌거벗고 수영장에서 만날 줄 누가 알았간디?"

"서울 사람 된 지가 언젠데 웬 진한 전라도 사투리야? 그래. 가수는 된겨? 텔레비전에서 못 본 거 보믄 아닌 거 같은디?"

"사투리로 회귀하면서 내 정체성을 찾은 거지. 가수보다 더 좋은 게 있더라. 놀라지 마라. 나한테 특출한 재주가 있었어. 내가 그 이름도 유명한 복부인이랑게?"

"뭐? 복부인?"

"그려, 잠실에만도 아파트가 세 채여. 그러는 너는 공부 많이 했어?"

"공부 같은 소리 하고 있네. 그거야 낭랑 십팔 세 때 얘기고. 치맛바람 날리며 아그들 뒷바라지하느라 운전기사 노릇하고 산다."

"너네 애들은 공부 잘혀?"

"과외선생 붙여서 돈을 처발라도 영 나아지지를 않어. 겨우 지방대나 갈 수 있으려나?"

"똑순이 엄마를 안 닮고 애빌 닮은 모양이네. 그래 네 남편은 뭐 해?"

"구청 공무원. 만날 때려치운다는 말만 하고, 만년 과장이지."

"근데, 뭔 돈으로 애들 과외시킨대?"

"나도 복부인까지는 아니지만 집을 몇 번 팔고 시고 했이. 애들 과외 시킬 돈은 마련했지. 진작 널 만났으면 너 따라다니면서 돈 좀 만졌을 텐데."

"지금이라도 늦지 않았어. 내 눈에는 훤히 보인다니까. 어떤 게 돈이 될지."

"그것두 밑천이 있을 때 얘기지. 돈을 따라다니니까 안 되는 것 같아. 돈이 나를 따라와야지. 이제는 애들 대학이나 잘 갔으믄 소원이 없겠어. 너는 애들이 몇이야?"

"나? 남자랑 결혼 안 했어. 돈이랑 했지. 팔자는 지가 만들어가면서 사는 거라는 게 내 지론이여. 테헤란로에 빌딩 올리는 게 내 꿈이구."

"추첨하는 날, 팔자는 지가 만드는 거라고 하는 소릴 들었는데, 그게 너였구나. 언니는? 언니는 어디 살어? 언니 보고 싶다."

"울 언니? 언니는 죽었어. 사랑하던 남자가 딴 년이랑 붙어먹는 바람에 고걸 못 참고 수면제를 홀딱 먹었지 뭐야. 그깟 남자? 목숨 걸 만큼 대단해? 나도 그 영향으로 남자를 원수 보듯 했으니 결혼을 못했지."

"그랬구나. 힘들었겠다. 이십 년이면 강산이 두 번이나 바뀌는 세월인데 뭔 일인들 없었겠니."

우린 한동안 말없이 커피 잔만 만지작거렸다.

"아이고 내 정신 좀 봐. 오늘 고객이랑 만나기로 했는데 너를 만나는 바람에 까맣게 잊고 있었네. 담에 보자."

"응, 그래 그러자. 잘 가."

나는 서둘러 뛰어가는 삼순이, 아니 은수의 뒷모습을 시야에서 사라질 때까지 바라보았다.

사람 사는 일이 참 쉽지가 않다. 목표를 정하고 나아가다가도 중도에 딴 길로 새기도 하고. 은미 언니가 그렇게 죽었다는 소리가 내 가슴을 쳤다. 자살도 아무나 하는 게 아니었다. 나는 목숨 걸고 사랑해보지도 못하고 뜨뜻미지근하게 그저 바라만 보다가 세상과 타협하고, 적당히 계산 맞춰서 결혼하고, 애들 낳고, 남들 하는 대로 따라 살다가 늙어가겠지. 내 팔자는 이대로 순탄하게 흘러가는 걸까. 은수처럼 자기가 만들어가면서 사는 것도 사람이 살면서 해볼 만한 것 같았다. 은수에게는 언제 어떻게 저런 배짱이 생겼을까. 원래 성품이 화통하긴 했다. 생전 처음 본 내게 선뜻 방을 내어주고 이름까지 지어주면서 적극적이었으니까. 그런데 결혼을 하지 않았다는 게 맘에 걸렸다. 혼자서도 씩씩하게 자기 팔자를 만들어가면서 잘 살아가겠지만 문득 외롭지는 않을까.

멍하니 앉아 있을 시간이 없었다. 애들 하교할 시간 맞춰서 학원으로 실어 날라야 하는데 오늘따라 왠지 흥이 나지 않았다.

큰애가 고3이 되니 한가로이 수영을 할 수가 없었다. 수영을 그만두자 삼순이와도 차차 멀어졌다. 나는 아이들 대입에 온통 정신이 쏠려 있었고, 삼순이는 부동산 투자에 열심이어서 공통 관심사가 없었던 우리 둘은 멀어질 수밖에 없었는지도 몰랐다.

애들이 대학생이 되고 나니 나를 긴장시켰던 내 속의 팽팽했던 줄이 끊어지기라도 한 것처럼 맥이 풀렸다. 두 살 터울의 두 놈을 대학교에 보내겠다고 학교에서 학원으로 독서실로 뺑뺑이를 치면서 기사 노릇을 했다. 큰애가 대학교 2학년을 마치고 군에 입대하자 작은애가 대학생이 되었다. 둘을 한꺼번에 대학에 보내려면 등록금이 만만찮은데 고맙게도 아들이 숨통을 틔워준 셈이었다.

그사이 어느새 나는 사십대 중반을 넘어서고 있었다. 불혹을 넘기고 나면 흔들림이 없다는 말은 옛말이다. 군에 간 아들은 군대에 적응하느라고 용을 쓰고 있었고 대학 새내기인 딸은 엠티다 뭐다 바빠서 얼굴 보기도 어려웠다. 무덤덤한 남편은 시계추처럼 똑같은 날을 반복하면서도 천하태평이었다. 괜한 트집을 잡아서 바가지를 긁어도 별 반응이 없었다. 나만 빼놓고 이 세상은 아무 탈 없이 잘 굴러가는 것 같았다. 이 세상에 아무 쓸모없이 덩그마니 혼자 남겨진 기분이 들었다. 세월을 거슬러서 어린 시절, 엄마에게 버려졌던 때의 외로움까지 소급해서 나를 괴롭혔다.

망상을 쫓아내는 데는 운동이 명약이라고 해서 한강 둔치를 한 시간씩 걸어보기도 하고, 자전거를 타고 여의도까지 달려보았지만 무엇 하나 신명이 나지 않아서 석 달을 못 넘기고 때려치웠다. 마침 아파트 단지에 이동도서관 버스가 왔다는 안내방송이 나왔다. 소싯적 생각이 나서 소설책을 한 아름 빌렸다. 이 주일 간격으로 한 번에 다섯 권을 빌려 볼 수가 있었는데 몇 달이 지나자 우수회원이 되어서 한 번에 일곱 권까지 빌려 볼 수 있게 되었다. 이동도서관의 서가는 아이들 위주의 그림책이나 동화책과 어른들을 위한 베스트셀러가 주류였다. 나는 소설책만 뽑아 들었다. 마구잡이로 소설을 읽다 보니 요령이 생겨서 한 작가의 작품집을 모조리 읽는 데 재미를 붙였다. 읽다 보면 그 작가가 보이는 것도 같았다. 이 주일마다 책을 바꿔 가지고 온다지만 이동도서관의 좁은 서가에는 한계가 있었다. 내 독서는 대하소설로 옮아갔다. 『임꺽정』, 『태백산』, 『아리랑』, 『도쿠가와 이에야스』. 소설에 파묻혀 있는 동안은 나를 잊을 수가 있었다.

"당신도 책을 읽지만 말고 창작을 한번 해보지그래?"

"창작은 아무나 하나? 말이 되는 소리를 하세요."

"백화점 문화센터의 강좌를 들어보면 책 읽는 것도 더 깊이가 생기지 않겠어? 새로운 사람들도 사귀고. 여기 '소설의 이해와 창작' 강좌가 있네. 당신한테 맞춤이야."

웬일로 남편이 조간신문에 끼어 들어온 백화점 광고 전단지를 내밀었다. 내게 전혀 관심 없는 남편이라고 치부했었는데 말은 안 해도 내가 책에 파묻혀 사는 꼴이 눈에 들어오기는 했던가 보았다. 백화점에 쇼핑 갔던 길에 문화센터에 들러 강좌 신청을 했다. 일주일에 한 번 두 시간 수업이었다. 아무 준비 없이 첫 수업을 들었다. 수강생은 모두 여자들로 열 명 남짓했다. 얼핏 봐도 내가 최고령이었다. 생머리를 길게 기른 멋쟁이가 반장이라고 자기를 소개했다. 나만 처음이었지 그네들은 꽤 오랫동안 수업을 들은 것 같았다. 허름한 점퍼를 입은 머리칼이 희끗희끗한 U선생은 유명한 소설가라고 하는데 나는 처음 듣는 이름이었다. 말도 느릿느릿하고 무슨 얘기를 하는 것인지 도통 알아들을 수가 없었다. 반장이 프린트물을 나눠주었다. 수강생들의 습작품이었다. 소설의 이해는 뒷전이고 본격적으로 소설의 창작을 가르치는 강좌인 모양이었다. 이크, 잘못 왔구나, 후회했지만 수강료는 환불이 되지 않는다고 해서 울며 겨자 먹기로 매주 수업을 들었다. 수업은 수강생들의 습작품을 읽고 각자 그 작품에 대한 촌평을 하고 마지막에 선생이 정리해주는 방식이었다. 수강생의 습작품이 없는 날은 단편 한 편을 읽고 와서 그에 대한 이야기를 나누기도 했다. 계속 수강을 하다 보니 선생님이 쓰는 용어도 이

해가 되었고 그런대로 재미가 있었다. 소설 쓰기에 돌입한 회원이 절반가량이고 나처럼 초짜가 절반이어서 마음이 놓였다. 그렇게 이 년의 세월이 흘러갔다.

U선생이 구청의 문화원장을 맡으면서 문화원에도 소설 강좌를 열었다. 수강생들 모두 U선생의 권유로 문화원의 강좌에도 등록했는데 그 이름을 익히 알고 존경해 마지않는 L선생이 강좌를 맡았다. L선생이 강의를 한다는 소문이 삽시간에 퍼져 수강생들이 몰려왔다. 수강생이 서른 명이 넘었다. 문청을 자처하는 청년도 있었고, 머리 희끗한 어르신도 있었다. L선생의 강의는 재미났다. 정색을 하고 우스갯소리를 하는 데는 당할 사람이 없었다. 나처럼 건달로 왔다 갔다 하던 몇몇이 습작품을 들고 오기 시작했다. 나는 여전히 남의 작품만 읽고 혹평을 하는 악역을 맡고 있었다.

L선생의 강의가 끝나면 U선생이 기다리는 문화원 원장실로 우르르 몰려갔다.

"만두나 한 접시 먹으러 가지요?"

U선생은 L선생뿐 아니라 동료 소설가들과도 친분이 두터운 것 같았다. 정례처럼 된 회식 자리에 가끔 소설가들이 동석했다. 활자로만 대하던 작가와 말을 섞을 수 있다는 사실에 나는 흥분했다. 소주를 한 병 시켜서 한두 잔 반주를 했는데 여자 수강생들이 술을 못 마신다고 사양하자 L선생이 한마디 했다.

"술두 한잔할 줄 모르면서 뭔 소설을 쓰겠다구 나섰어유? 기냥 집에 가서 애기들 뒷바라지나 하면서 사셔유."

서울에서 산 지 사십 년이 다 됐다는 L선생은 술이 한잔 들어가면 자동으로 입에서 사투리가 튀어나왔다.

"직접 안 쓰믄 백날 수강해두 말짱 헛거여유. 뭐가 됐든 한 번 써보두룩 하셔유. 책보만 들구 왔다리 갔다리 하다가 한글 두 못 떼구 국민학교 졸업하는 거랑 다를 거 없다 이거여유. 소설이 안 되믄 동화를 쓰든지, 정 안 되믄 수필이라두 써봐야 문장 맛을 느낄 수가 있능거구면유. 하여간에 뭐라두 써야 뭐가 되든 될 거 아녀유. 그도 저도 못하겠으믄 필사라두 하세유. 원고지에다가 문장 좋은 작가의 작품을 마침표 하나 틀리지 않게 고대로 꼬박꼬박 베끼다 보면 저도 모르게 문장 훈련이 돼 있을 거여유."

L선생은 수강생이 괴발개발 써온 소설의 틀린 문장마다 밑줄을 긋고, 붉은 글씨로 첨삭을 해서 돌려줬다. 원문보다 깨알 같은 붉은 첨삭이 더 많은 원고를 받아 든 수강생들은 송구해서 어쩔 줄을 몰라 했다. 문청의 꿈을 버리지 못해 여기저기 소설 강좌를 기웃대다가 문화원의 강좌를 접한 수강생들은 L선생의 팬이 되었다. 어디에도 이렇게 진정으로 작품을 읽어주고, 꼼꼼하게 문장을 봐주는 선생이 없다고 했다. 그들이 부러웠지만 나는 머뭇거리고 있었다. 작가보다는 독자로 머무는 편이 훨씬 쉽고 행복할 것 같다는 핑계를 찾아

냈다. 내 주제꼴에 이런 문학의 향기에 취하기만 해도 대단한 거야. 애당초 작가가 될 마음은 손톱만큼도 없었다. 단지 이야기를 좋아하고 그 이야기를 만들어내는 사람들과 나누는 분위기가 좋아서 소설 강좌에 나갔던 것인데 분위기가 방향을 틀어 본격 작가 수업 쪽으로 돌아가고 있었다. 이쯤에서 그만둬야 하나? 머릿속에서는 문장들이 둥둥 떠다녔다. 그 문장들에 스토리를 입혀서 끌고 나가면 소설이 될 듯도 한데 영 컴퓨터 앞에 앉게 되지 않았다.

마음먹고 원고지를 열 권 샀다. 윤흥길의 「장마」부터 베끼기 시작했다. 손목이며 손가락, 등도 아프고 허리도 아팠지만 꾹 참고 필사를 이어나갔다. 박완서, 이문열, 오정희. 베낀 원고지가 쌓여갈수록 내 작품이기나 한 듯 흐뭇했다. 단편 열 편을 베껴 쓰고 나니 이젠 나도 쓸 수 있을 것 같은 생각이 들었다.

끙끙대며 며칠 걸려 처음으로 쓴 소설은 오십 매를 넘지 못했다. 소설가들은 어떻게 칠팔십 매를 채우는 걸까. 천 매짜리 장편은 어떻게 썼으며 열 권짜리 대하소설은 어떻게 이어나가는 걸까.

부끄러움을 무릅쓰고 소설이랍시고 끄적인 오십 매짜리 원고를 회원 수만큼 복사해서 다음 강의 과제물로 제출했다.

"그동안 공부한 보람이 있네유. 얼추 얼개는 갖췄는데 미숙하쥬? 그래, 써보니 써볼 만했어유?"

L선생은 빙글빙글 웃으며 많이 혼내지는 않았다. 처음이라 그랬을 것이다. 작품을 몇 편씩 낸 수강생들에게는 눈물이 쏙 빠지도록 혼을 냈다. 매일 밥은 안 먹고 아이스크림만 먹고 사느냐, 이 세상이 이렇게 늘 달달하게만 보이느냐. 소설가는 소설가만의 눈을 가지고 세상을 바라보아야 한다. 너는 이렇게 볼지라도 나는 이렇게 본다는 세계관이 소설에 나타나야 한다. 그래서, 그래서 어쨌다는 거냐. 물었을 때 답이 보이는 소설을 써라.

말은 쉽지만 그걸 글로 풀어낸다는 게 어려웠다. 그것도 지루하지 않고 재미있게 쓴다는 건 더욱 어려웠다.

"애, 너는 뭐가 그리 바빠서 통 즌화도 읎구, 얼굴 잊어뻔지겠다."

"음, 나 좀 바빠. 소설 공부하러 다니거든. 엄마는 별일 없지? 동생들두 편안하대?"

"그려, 다 잘 있어. 맨날 옆구리 찔러서 받는 절은 이제 그만 받을란다. 다른 집 딸들은 상냥하기만 하던데 너는 위째 변할 줄을 모르는겨?"

"모전여전이라우."

"공부하러 댕긴다구 시방 문자 쓰능겨? 소설 공부? 다 늦게 뭔 소설 공부는 하러 댕긴다구 그랴? 골머리 아프게. 괜한 골치 썩이지 말구, 기냥 편안히 테레비나 보면서 살믄 됐지."

"왜? 언제는 공부 못 시켜서 한이라드니? 문화원에서 하는 강좌지만 선생님이 대학교수나 매한가지라 대학교 다니는 거 같구, 얼마나 재밌게?"

"집안 살림 다 팽개치구 술이나 퍼먹구 다니는 거 아닌가 몰르겄다. 담배두 피울래나? 문학 한다는 사람들, 술 먹구 담배 피우구 갖은 폼 다 잡더구만."

"참, 우리 엄니 상상력은 남달러. 소설은 울 엄니가 써야 한다니까."

"괜히 헛짓거리하구 댕기지 말구 남편이나 잘 챙겨. 여펜네가 살림이나 할 것이지 공부는 무슨 공부? 총각김치 담가놨다. 갖다 먹어라. 느이 아부지가 서툰 솜씨로 농사지은 거라 떡잎 하나까지도 안 버리고 우거지 삶아놨으니 가져다 된장국 끓여 먹구. 약을 안 쳐서 꼬라지는 그래두 맛은 좋더라."

"엄마두 따라다니면서 농사짓는 거야?"

"두어 평 되는 밭뙈기에 얼마나 정성을 쏟는지 몰러. 그 잘난 농사짓는다며 마누라 치마꼬리 붙잡고 댕기는 데 재미까지 부쳤다니께. 늙어 꼬부라져도 지 버릇 개 못 준다니 팔자 소관이라 생각해야지. 달리 어쩌겠냐?"

소설이 따로 있나. 소설보다 더 곡진한 엄마의 일생이 소설이 되겠구나. 듣고 보고 겪은 엄마의 일생에 거짓말을 보태서 이야기를 꾸리기는 쉬웠다. 억지로 꾸며내는 것보다 아는 얘기에 살을 붙이니까 그럴듯했다.

"일취월장했네유. 서사에 힘이 있어유. 잘 다듬어서 다시 갖구 와봐유."

L선생의 칭찬에 하늘을 나는 기분이었다. 내친김에 내 주변의 인물들을 찬찬히 살펴서 내 소설의 주인공으로 등장시켰다. 작품이 하나둘 쌓여갔다. 나와 같이 강의를 듣기 시작했던 수강생이 문예지 신인상에 응모해서 당선됐다. 문화원 강좌에서 나온 결실의 첫 신호탄이었다. 그 뒤로 일간신문의 신춘문예에서도 당선자가 나왔다. 수강생들이 술렁이기 시작했다. 그동안 써놓았던 습작품들을 신춘문예에 응모하고, 문예지의 신인상 공모에 응모하느라고 서로 눈치를 살폈다. 우리는 우르르 책방으로 몰려가서 각종 문예지를 훑고, 문예지 뒤편의 주소와 신인상 응모 요강만 베껴서 헤어졌다. 문예지의 성향이라든가 편집자의 의중 따위는 살필 겨를이 없었다. 등단, 오로지 등단이 목표였다. 우리끼리 경쟁하는 것은 꼴사나우니 너는 여기, 나는 저기, 하는 식으로 원고를 발송했다. 더러 최종심까지는 올라갔으나 최종심은 최종심일 뿐 당선은 요원했다. 유수 문예지에 응모했던 내 소설도 최종심에 이름을 올렸다. 야호, 방귀가 잦으면 뭐가 나온다고, 여기저기 디밀다 보면 당선되는 날이 오겠지. 나는 희망에 불타 부지런히 여러 문예지에 원고를 보냈다. 응모할 때 주민번호를 적으라고 하는 것은 젊은 작가를 뽑겠다는 숨은 의도로 해석되어서 신춘문예는 바로 접었다.

문화원 소설 강좌의 수강생들이 등단했다는 소문이 돌았는지 다른 백화점의 소설 강좌를 듣던 수강생들이 찾아오기 시작했다. 그들은 그동안 갈고닦은 실력이 있어서 그런지 수준이 높았다. 강의실은 그들이 내뿜는 열기로 가득 찼다. 그렇지만 문학고시라고도 칭하는 등단은 쉬이 이루어지지 않았다. 신춘문예 발표가 있는 크리스마스 무렵이 다가오면 강의실은 긴장감이 팽배해서 툭 건드리면 폭발할 지경이었다. 아무 일 없이 신춘이 지나가면 수강생들은 또 문예지에 매달렸다.

봄에 한 수강생이 축포를 터뜨렸다. 이름난 문예지 신인상에 당선된 것이다. 부러웠다. 내 소설은 이름이 그리 알려지지 않은 문예지에서 최종심에 오르기는 했다. 풀이 죽었다. 나는 최종심으로 만족해야 하는 모양이었다. 내가 주제 파악을 못하고 욕심을 부렸구나. 당선을 축하하는 자리에서 소주를 한잔 마셨다. 소리 없이 눈물이 흘러내렸다.

"워째 이미자 씨는 술이 눈으로 넘치능겨? 이름값으루 노래나 한 자락 해보시쥬?"

"이름 때문이에요. 만날 최종심에서 탁 걸리는 건 이름 탓이라니까요."

"탓할 게 있으니 좋겠네유."

"선생님, 그러지 말고 이름 하나 지어주세요. 문향을 날릴 만한 멋진 필명 하나 지어주세요."

술기운을 빌려 떼를 썼다.

"그려유? 그럼 생년월일을 종이에 적어줘봐유. 내가 한번 지어보지유."

"정말이지요?"

다음 강의 시간에 L선생은 작중인물의 이름에 대해서 강의를 했는데 그 강의 끝에 내 이름자를 넣어서 풀이를 했다. 작품 분위기와 이름이 잘 맞지 않는다고 했다. 강의가 끝나고 선생은 내게 누런 봉투를 내밀었다.

"한번 맘껏 문향을 날려봐유. 밤을 꼴딱 새워가며 지은 이름이니께."

"정말 지어오신 거예요? 황송해서 어쩌지요? 근데, 이름값이 있다고 들었는데……"

"88 한 갑이면 돼유."

나는 선생에게 이름값으로 88 한 보루를 사서 가져다드렸다.

필명으로 여기저기 문예지 신인상에 응모했다. 그리고 잊어버렸다.

버스 속이었다. 하필이면 남학생들의 하교 시간에 버스를 탄 게 문제였다. 버스에 꽉 들어찬 남학생들의 땀 냄새와 청춘들이 뿜어대는 페로몬 냄새로 코가 썩을 지경이었다. 휴대폰이 울렸지만 받을 수가 없었다. 버스에서 내려서 걸어오는데 또 벨이 울렸다.

"이지흘 씨죠? 여기 H출판삽니다."

"네? 이지흘이요? 제가 이지흘이 맞습니다만."

내게조차 낯선 필명을 부르는 전화기 저편의 목소리는 조금

격앙되어 있는 듯했다.

"이번에 신인상 응모하셨지요? 축하합니다. 당선되셨어요. 다음 주 월요일 열시까지 출판사로 나와주세요."

나는 그 자리에 주저앉았다. 커다란 플라타너스 잎이 한 장 내 앞으로 살랑살랑 떨어져 내렸다. 나는 그 이파리를 주워 들고 걸었다. 이 기쁜 소식을 제일 먼저 알려야 할 사람이 떠올랐다.

"선생님, 당선됐어요. 드디어 당선이라니까요. H출판사에서 방금 연락 왔어요. 순전히 선생님이 지어주신 이름 덕분이에요."

"축하드려유. 정말 잘됐어유. H출판사는 문단에서 알아주는 출판산디, 좋은 출판사에서 당선될라구 그동안 잘 안 됐던 모양이네유. 다시 한번 축하드려유. 출판사에는 언제 오래유?"

"다음 주 월요일에 오라고 했어요."

"그럼 출판사에 가기 전에 우리 집에 잠깐 들렀다가 가세유."

"선생님, 고맙습니다. 제가 선생님을 만난 건 일생일대의 행운이었어요."

울먹이며 말을 잇지 못하자 선생은 다독거렸다.

"그동안 고생했으니까 눈물 나겄지유. 문학 공부 십 년이라고 했는디, 안적 십 년 안 됐지유? 열심히 잘한 거여유. 등단은 이제 시작일 뿐이니까 등단작이 대표작이 되지 않게 앞으루 더욱 정진하세유."

구름 위를 걷는 것 같았다. 등단이라니, 그것도 H출판사에서 등단을 할 줄은 꿈에도 생각하지 못했다. 문단 쪽은 전혀 알지 못해서 어느 출판사가 어떤 성향인지, 문단에서 어떤 영향력이 있는 문예지인지 알아볼 염도 내지 못하고 그저 마구잡이로 신인상 모집을 하는 문예지마다 여기저기 응모를 했을 뿐이었다.

"엄마, 드디어 당선됐어요. 이제부터는 소설가 선생님이라니까."

"잘했구먼. 원하던 걸 얻었으니 된 거여?"

"엄마는, 그렇게 심드렁해할 일이 아니라니까 그러네. 음, 그러니까 조선 시대로 치자면 문과 급제한 거나 마찬가지야. 고등고시나 행정고시처럼 이쪽 동네에서는 등단하는 걸 문학고시 치른다구들 한다니까."

"고등고시? 니가 제대로 공부만 했어도 고등고시는 따놓은 당상이었는데……"

"울 엄니는 자식을 너무 과대평가하는 경향이 있다니까. 어찌 됐든 그동안 학력 콤플렉스에 시달렸는데 한 방에 날아갔어. 대학교 국문과 졸업했다구 다 등단하는 게 아니거등요."

"신바람이 났구나. 니가 기분이 좋으니 나도 덩달아 기분이 좋아지네. 그래, 소설가 선생님께서는 은제 책이라두 한 권 내실래나?"

"아이구 울 엄니, 우물가에서 숭늉 찾으시네. 이제 시작이라니. 겨우 자격증 딴 거나 마찬가지라구요. 출판사 다녀와서 다시 전화 드릴게. 동네방네 자랑해도 되는 거니까 딸 자랑이나 좀 하셔."

"딸내미 덕분에 자랑거리 생겨서 좋구나. 옆집 할망구가 자기 딸이 박사라구 입만 열면 자랑질하는 거 신물 났는데, 어서 나가서 그 할망구 코를 납작하게 해줘야겠다."

행복했다. 지금까지 살아오면서 만났던 여러 가지 기쁜 일들은 내 노력으로 된 것이 아니었다. 오로지 나 혼자 힘으로 이루어낸 성취가 주는 뿌듯함이 내 몸속에 가득 들어찼다. 행복해서 잠 못 드는 밤은 감미로웠다. 문학에 관심이 없는 남편과 아이들은 그저 건성으로 축하를 해줬다. 공연히 나 혼자 흥분해서 날뛴 꼴이 되어서 머쓱했다. 그렇지만 나는 내 팔자를 내 힘으로 바꾼 것이다. 팔자에 쓰인 대로 그저 무탈하게 아이들 뒷바라지나 하고 살림하는 것에 안주했다면 소설가는 꿈도 꾸지 못했을 거였다. 자기 팔자는 자기가 만드는 거라던 삼순이가 생각났다. 오랫동안 잊고 지낸 이름이었다. 수첩을 뒤져 전화를 했지만 삼순이는 전화번호를 바꾼 뒤였다.

출판사에 가기 전에 꽃을 사 들고 L선생 댁을 방문했다.

"내가 꽃을 받을 일인가? 이지흘 씨가 받아야지. 문단에 첫인사를 하는 거나 마찬가지라서 들르라구 했시유. 잘하리라 믿지만 단정하게 잘 차려입구 왔네유."

L선생은 늘 청바지 차림의 내가 못 미더워서 복장 검사를 하신 게 분명했다. 은근히 세심한 분이었다.

출판사에서는 내 모습을 보고 실망하는 눈치였다 쉰을 넘은 당선자는 처음이라고 하는 걸 보니 내 나이가 마뜩찮은 게 분명했다. 내처 내가 어디서 공부했고 스승이 누군지 물었다. 학교는 시골에서 중학교를 졸업한 게 다고, 문화원의 소설 창작 교실에서 L선생과 U선생의 가르침을 받았다고 했더니 놀라운 기색을 감추지 못했다.

"그 나이에, 학력도 그러신데, 문화원의 창작 수업 오 년 만에 등단이라니. 충분히 화제가 되겠는데요. 매스컴에서 관심을 받을 수 있을 것 같은데요……"

"아녀유, 아녀유. 중졸이 무슨 자랑도 아니구 부끄러운 일이지유. 방송통신고등학교두 있구, 방송통신대학교도 있어서 맘만 먹으면 얼마든지 공부할 수 있는 세상인데 중졸이 어디 내세울 만한 건 못 되지유. 그보다는 L선생님은 증말 대단하신 분이여유. 문화원에서 소설 강좌를 들은 수강생들이 대거 등단했거든유. 신춘문예로 등단한 사람에 문예지로 등단한 사람까지, 저까지 여덟이나 돼유."

나는 불쑥 튀어나온 충청도 사투리로 그들을 설득했다. 만천하에 내가 중졸인 걸 광고할 일을 막았던 것이다.

프레스센터에서 화려하게 신인상 시상식을 했다. 시상식에 온 엄마는 그제야 나의 출세를 실감하는 얼굴이었다. 그렇지만 엄마의 시상식 후일담은 차가웠다.

"소설인지 시를 쓴다는 사람들 행색이 그게 뭐냐. 남의 잔치에 재를 뿌려도 유분수지. 머리에는 까치집을 이고 덥수룩한 수염에 잠바때기나 걸치고 와서는. 쯧쯧, 너는 어디 가서 그러지 마라. 항상 단정하게 입고 말씨도 음전하게 해야 혀. 네 뿌리가 양반인 걸 잊지 말고."

"참, 엄마 눈에는 그런 사람들만 보였나 봐. 어쩌다 한두 사람 자유로운 영혼들이 있었겠지. 모두 도매금으로 넘기면 어떡해? 그 사람들은 나름대로 철학이 복장에 나타난 걸 거야."

L선생은 등단한 나를 동료로 대해주셨다. 이러저러한 문학 행사에 데리고 다니면서 다른 문인들에게 나를 소개를 해줄 때마다 글 잘 쓰는 신인이라는 말도 빼놓지 않았다. 부끄럽고 쑥스러웠지만 으쓱해서 괜히 뭐라도 된 것 같았고, 나 스스로가 자랑스러웠다. 나는 작품을 논하고 작가를 논하는 문인들의 대화에 함부로 끼어들진 못했지만 거기 한 귀퉁이에 끼어 앉아 있는 것만으로도 행복했다. 젊은 시절에 외로움을 견디는 방편으로 죽자 하고 읽었던 소설이 밑천이 되어서 나를 그 자리까지 이끌었다.

다음 해 중졸의 오십대 주부가 신춘문예 시 부문에 당선됐다는 기사가 대서특필되었다. 그녀는 여기저기 방송에 출연해서 이런저런 화제를 뿌렸다. 그 방송을 보면서 나 혼자 얼굴을 붉혔다. 자칫 잘못했으면 내가 저러고 다녔을 거라는 생각이 들어 아찔했다. 과연 그 방송을 보고 용기를 얻은 사람이 있었을까. 단지 흥미로운 구경거리로만 취급된 건 아니었을까. 그 후로 그녀의 기사는 신문에서 찾아볼 수 없었다.

첫 소설집을 엮어내기까지는 오 년이 걸렸다. 소설집을 한 권 사인해서 엄마에게 가져다드리자 엄마는 그제야 나를 소설가로 보았다. 책도 한 권 내지 못하면서 어디 가서 소설가라는 말은 입 밖에도 내지 말라던 엄마로서는 당연한 반응이었다.

9장
북어 눈알과 오징어 입

　새아버지가 위암으로 돌아가셨다. 향년 85세. 엄마가 65세였다. 새아버지가 안 계신 집에 동생네가 들어와 살았다. 올케가 직장 생활을 해서 아이는 낳기만 하고 키우는 건 엄마가 도맡았다. 손자 둘을 키우느라고 바빠서 엄마는 나를 잊었다. 이번에는 엄마의 정성이 손자들에게로 쏠렸다. 이제 북의 아버지는 완전히 잊은 것 같았다. 왠지 섭섭했다. 북의 아버지를 찾지 않는다고 그렇게도 나를 들볶을 때는 지겹기만 하더니 손자만 바라보는 엄마에게 배신감마저 들었다.

　남편이 정년퇴직하기 전에 서둘러서 애들을 결혼시켜 내보냈다. 아들은 지방에 있는 회사원이라서 지방에, 딸네는 사위가 일본 주재원으로 발령이 나서 도쿄에 살았다. 자식이라고 둘뿐인데 가까이 사는 놈이 하나도 없다. 남편이 퇴직하고서 아들이 사는 거제도에 한 번, 딸이 사는 도쿄에 한 번 여행한 것이 다였다. 순순히 친손자 하나에 외손자 둘까지 보아서 남들 누리는 손자 재미도 보았으니 그만하면 흡족한 인생이라고 생각했다.

그저 나 좋은 대로 생각하고 살았던 것이 분명했다. 그만큼 공부시켜서 직장 잡고 결혼시켜서 내보냈으니 내 할 일은 다 했다고 마음 놓는 것이 아니었다. 걱정거리는 전화벨 소리와 함께 찾아왔다.

"엄마, 오빠한테 무슨 일 있는 거 아냐? 저번에 생전 전화도 않던 오빠가 전화해서 무슨 말을 할 듯 할 듯하다가 말던데 무슨 일이 있는 게 분명해. 엄마가 좀 알아봐요."

"글쎄, 저번에 통화했을 때도 별 기색이 없었는데 네 오빠야 워낙 입이 무거우니 선우 엄마에게 전화해봐야겠다."

며느리는 한참을 머뭇거리다가 실토를 했다. 아들이 증권에 손을 댔다가 공금에까지 손을 대기에 이르렀고 결국 들통이 나서 전세금을 털어 공금을 막고서 간신히 구속은 면했지만 퇴사했다는 것이었다. 아들은 그 일로 병이 나서 두문불출이고 며느리가 파출부로 일을 해서 생활을 꾸려가는 모양이었다. 하늘이 노랬다. 남편이 알면 불호령이 떨어질 게 분명했다. 그렇다고 무능하기 짝이 없는 내가 할 수 있는 일은 아무것도 없었다.

"그렇게 큰일을 겪었으면 아버지에게 알려야지. 네가 혼자 짊어질 일이 아니잖니?"

"선우 아빠가 죽어도 부모님께는 손을 벌리지 말라고 했어요. 잘살지 못하는 것도 불효인데 더 이상 불효를 끼칠 수 없다고……"

"그래, 아주 효자 나셨구나. 앞으로 어쩔 작정이라더냐?"

"택배를 할까 알아보고 있어요. 안양 사는 친구가 일찌감치 택배를 시작했는데 힘은 들지만 벌이가 괜찮다나 봐요. 어머니, 우리 젊잖아요. 어떻게든 헤쳐 나갈 거니까 너무 걱정 마세요."

생각 외로 덤덤한 며느리가 대견하기도 하고 믿음직스러웠다. 나도 모르게 남편 눈치를 보기 시작했다. 이 일을 혼자만 알고 있기에는 가슴이 터져서 병이 날 지경이었다.

"당신, 무슨 일 있어? 왜 안 하던 짓을 하고 그래?"

"내가 뭘 어쨌다구 그래?"

"속 시원히 털어봐. 어디 샛서방이라두 숨겨놓은 꼴이구먼."

"참, 할 말이 있구 안 할 말이 있지. 뜬금없이 샛서방은 무슨?"

"그러니까 혼자 끙끙대지 말고 털어놓으셔."

"응, 저기…… 큰애가 직장을 그만뒀대나 봐."

"뭐가 어쩌구 어째?"

"증권을 했다네. 주위에서 증권으로 한몫 잡았다고 하니까 저도 덤볐겠지."

"증권을 했으면 했지 멀쩡히 다니던 회사는 왜 그만뒀대?"

"그게 그러니까, 공금에 손을 댔다는구먼."

"내 참, 내가 자식 농사를 헛지었구먼. 나름 올곧게 키운다고 키웠건만…… 그래, 어쩌구 산대?"

"며느리가 살림은 꾸려가고 있는 꼴이구. 택배를 할 생각인가 봐."

"기가 막혀서, 내가 힘겹게 저를 대학원 공부까지 시켜놨더니 택배? 당장 올라오라구 해. 내 이놈의 자식을 그냥."

"왜, 두드려 패기라도 하면 속이 시원할 것 같수? 그놈두 억장이 무너져서 죽을 판일 텐데 내 속 시원하자구 그놈 불러 올려요?"

"아들 싸고도는 거야 당신 주특기지."

남편이 머리를 싸매고 드러누웠다. 어지간한 모든 일은 시간이 해결해줄 터였다. 그 또한 나의 태평스런 생각이었다.

저녁 먹고 잠자리에 들었는데 자다가 남편이 가슴을 움켜쥐고 절절맸다. 서둘러 119를 불렀지만 남편은 병원에 도착하기 전에 세상을 떠났다. 심장마비였다. 하늘이 무너졌다. 갑자기 당한 일이라 정신을 차릴 수가 없었다. 나 혼자 동동거리는데 남동생이 나섰다. 남동생을 그렇게 의지하기는 처음이었다. 남동생이 모든 장례 절차를 맡아 했다. 삼우제를 지내고 나자 애들은 가방을 싸고 나서도 머뭇거렸다. 아들은 고개를 들지 못했다.

"그러지 마라. 사람이 살다 보면 한두 번 실수도 하고 그러는 거야. 아버지를 봐서라도 다시는 욕심내지 말고 분수껏 살면 돼. 느이 아버지는 올곧은 사람이었잖니."

"어머니, 죄송합니다. 죄송합니다."

"힘들었지? 부모 노릇도 힘들지만 자식 노릇도 만만찮더라. 너도 건강관리 잘하고…… 느이 아버지가 꼬박꼬박 건강 검진만 받았어도 저리 급하게 가진 않았을 텐데…… 세상에 놀랄 일이 허다한데 그만 일로 저 먼저 가는 건 뭐냐? 나는 어쩌라고."

"제가 자리 잡는 대로 어머니 모시겠습니다."

"엄마는 아직 멀쩡하니 너나 어서 자리 잡도록 해라. 절대 한눈팔지 말고. 이 세상에 공짜가 어디 있더냐? 너도 이번 일로 깨달은 바가 있겠지. 어서들 가거라."

"어머니 혼자 괜찮으시겠어요?"

"이 위에 더 무슨 일이 있겠니? 당분간 외할머니를 모셔오든지 할 테니까 걱정 말고 어서 가거라."

아들네도 딸네도 발걸음이 떨어지지 않는지 자꾸 뒤돌아보며 집을 나섰다.

집이 너무 텅 빈 것 같아서 엄마가 와서 계셨으면 하는 마음은 굴뚝같았지만 선뜻 말을 꺼내기가 어려웠다. 엄마가 어떻게 지내느냐며 먼저 전화를 했다.

"그럭저럭 지내지 뭐. 엄마, 당분간 우리 집에 와서 지낼 수
있을까?"

"그러자. 손자들도 다 커서 할미 없이도 잘 지낼 거야."

옷가지가 든 가방 하나만을 들고 엄마는 우리 집으로 들어
왔다. 그렇게 엄마와 살기 시작했다. 나는 몸져누웠고, 집안
살림은 늙은 엄마가 다 했다. 그나마 엄마가 해주는 밥은 넘길
수가 있었다. 내가 자리를 털고 일어난 뒤에도 엄마는 주방 일
을 넘겨주지 않았다.

집 안 구석구석에 남편의 자취가 서려 있었다. 그가 입었던
옷, 그가 신었던 신발, 그가 보던 책. 정리를 한다고 하면서도
손이 가지 않았다. 굳이 남편의 물건을 치우고 그가 있던 자리
를 털어내고 싶지도 않았다.

"너무 애쓰지 마라. 세월 가면 나도 모르게 잊어지는 게 사람
인 게야. 어밀 보구서두 모르겠냐? 산 사람은 살게 되어 있어."

햇살이 방 안 깊숙이 들어오던 날이었다. 불현듯이 남편의
옷가지를 수거해 가라고 사람을 불렀다. 장롱 속의 남편 옷만
치웠는데도 방 안이 휑했다. 신발장을 열어보니 엄마가 치웠
는지 남편의 신발이 보이지 않았다. 그렇게 하나씩 남편의 흔
적이 집에서 지워지고, 내 마음에서도 지워져갔다.

엄마와 한집 살림을 한 지도 일 년이 다 되었다. 어렸을 때
는 그렇게도 소원했던 엄마와의 동거가 마냥 즐겁지만은 않았
다. 엄마는 몸만 우리 집에 와서 있지 마음은 온통 동생 집에

가 있었다.

"김치 떨어졌을 텐데, 사다 먹었을래나?"

"그렇게 걱정되면 가서 김치 담가놓구 오시구랴."

"너 혼자 있어두 괜찮겠어?"

"괜찮잖구, 내가 애유? 나두 손자까지 본 할머닌걸."

엄마는 내 말이 떨어지기가 무섭게 동생네로 줄행랑을 쳤
다. 엄마가 안 계신 집에 혼자 있기도 무엇해서 엄마가 동생
네로 가면 나도 작은 배낭을 둘러메고 집을 나섰다. 어디라
정해놓은 곳도 없이 전철이 닿는 곳은 고궁이 됐든 백화점이
됐든 그날, 그날 발길 닿는 대로 돌아다니다가 해가 지면 돌
아왔다.

오랫동안 소식을 몰랐던 친구 삼순이를 만난 곳은 서울대
병원 로비였다. 나는 이따금 혜화역 근처의 서울대병원 로비
에 앉아서 환자들 구경을 했다. 멍하니 앉아 있는데 웬 늙은
이가 말을 걸었다.

"혹시 잠실 살던 미자 아닌감?"

"내가 이미자올씨다마는 댁은 누구슈?"

"나? 몰르겠지? 삼순이잖어. 은수라고 하면 알려나? 잠실
살 때 만나고도 세월이 많이 흘렀지?"

자세히 보니 공장 다닐 때 친구였던 삼순이가 맞았다.

"세상에나, 이게 을마 만이여? 어떻게 알아봤댜?"

"저짝에 앉아서 쉬고 있는데 이짝에 앉아 있는 할멈이 아무

래도 낯이 익은 거여. 누구지? 누구지? 하다가 제우 생각났어. 어디가 아파서 온겨?"

"아녀. 기냥 여기저기 돌아댕기는데 여기는 의자도 편하구 시원하기두 해서 가끔씩 와서 앉았다 가. 그러는 자게는 어디가 아퍼?"

"허리도 아프고 무릎도 아프지. 수술하라는데, 수술하구두 더 아플까 봐 무서워서 이렇게 밍기적거리구 있지."

"그려, 애들이 큰 병원 보낸 거 보니 살 만한가 보네?"

"애가 워딨어? 나는 쭉 혼잔데. 밥걱정이야 안 한 지 오래됐구."

"참 그랬지. 나이 탓인지 자꾸 깜빡깜빡혀. 얼른 수술하지 밀 밍기적거려? 그러다가 털썩 주저앉아 집안 귀신 되면 누가 답답한데? 요새는 쉽게 죽지도 않어. 우리가 벌써 칠십 고개를 훌쩍 넘었으니 옛날 같으면 벌써 저세상 사람이지."

전화번호를 주고받고 한번 놀러 간다고 하고서는 얼마 안 가서 삼순이는 소변보러 일어나다가 털썩 주저앉는 바람에 골반뼈가 부러졌다. 간신히 철심을 박는 수술을 하기는 했는데 한동안 꼼짝없이 누워 지낼 수밖에 없다고 했다. 오롯이 홀로인 삼순이가 안쓰러워서 하루에 한 번씩 전화로 안부를 물었다.

엄마는 동생네 가서 있으면 내가 신경 쓰였고, 우리 집에 와 있으면 동생네가 신경 쓰이는 모양이었다. 그렇게 신경 쓰이면 동생네로 가셔도 된다고 했지만 엄마는 주로 우리 집에 계셨다. 엄마의 이야기 상대로는 내가 더 나아서 그랬는지도 몰랐다. 엄마의 이야기보따리에는 언제나 내가 들어 있었는데, 주 레퍼토리는 피난 가던 이야기였다.

"겨울 피난이 더 힘들었어. 눈이 어떻게나 쏟아지던지 앞이 보이지 않았다니까. 지금처럼 오리털 잠바가 있기를 하나, 처네 둘러서 너를 업고 솜이불까지 들쳐 쓰고 걸어가는데 눈사람이 걸어가는 것 같았다니까. 갑갑한지 너는 계속 울어쌓고, 나도 따라 울었지. 나는 피난 가지 않겠다고 뻗대다가 네 할아버지한테 혼구녕만 났어. 집에서 기다리다 보면 네 아버지가 도망쳐서 돌아올 것만 같았거든. 가다가 아무 빈집에나 들어가서 잠을 자고 밥해 먹고 일어나서 또 걷고. 천 리 길을 갔으니 한 달이나 걸렸을걸. 가다가 비행기 소리가 나면 논두렁 아래에 납작 엎드리고. 영화에서 본 거하고 똑같아. 네 할아버지 고향 경상도 구길이었어. 아버님 육촌 형님이란 양반이 대포 소리도 안 났는데 무슨 전쟁이 났느냐고 묻는데 세상에 기가 막히더라. 무슨 거지도 아니고 집집마다 된장을 추렴해서 가져다주는데 못 먹겠는 거 있지."

"지금 전쟁 나면 나는 피난 안 갈 거야."

"그때는 뭐 피난 가고 싶어서 갔는지 알어? 군인들이 들이닥쳐서 피난 가라고 족쳐대는데 안 가고 배기냐구."

"전쟁은 어떡하든 막아야 해. 생각만 해도 무서워. 엄마,

저녁에 상추쌈 해서 먹을까? 엊저녁에 엄마가 만든 쌈장 남
았는데?"

 "그러자꾸나. 벌써 해가 기울었네."

 "엄마, 내일은 차 타고 어디 놀러나갈까?"

 "어디 가고 싶은 데가 한 군데 있긴 한데……"

 "엄마, 우리 살던 고향에 가고 싶구나. 맞지?"

 "쳇, 이럴 때는 내 딸 같네."

 엄마가 저녁 먹은 게 얹혀서 고향 가는 것은 뒤로 미뤘다.

 비가 추적추적 내렸다. 비 오는 날이면 외할머니가 끓여주
던 호박범벅이 생각났다.

 "외할머니가 끓여주던 호박범벅이랑 늙은 호박 부침개 먹
고 싶다. 엄마도 엄마 보고 싶나?"

 "늙은 사람두 사람이란다. 너랑 똑같은."

 "같이 늙어가면서 늙은 타령은?"

 "같이 늙어가다니? 에미 앞에서 할 소리냐?"

 "엄마, 그거 알아요? 나 어렸을 때 외할머니 친구가 경찰서
옆에서 건어물 장사했던 거?"

 "잘 모르겠는데? 외할머니가 친구가 있었어? 언제나 밭에
나가 쭈그리고 앉아서 일하던 모습밖에 생각이 안 나는데?"

 "참 엄마두, 어째 나보다도 자기 엄마에 대해서 그렇게 몰
러?"

 "그러는 너는, 나에 대해서 얼마나 아는데? 어디 말해봐."

"나야 모르지. 엄마랑 살았던 세월이 짧잖아."

"나두 너랑 별반 다르지 않아. 열일곱에 억지로 나를 시집 보낸 엄마가 고울 리가 있었겠냐?"

"그랬겠네. 왜, 도망이라도 가지 그랬어?"

"맘이야 굴뚝같았지만 부모 말을 거스르는 게 그리 쉽지가 않던 시절이었지. 지금도 마찬가지 아닌가? 별난 애들이나 집 나가고 그러지 보통 사람들은 대개 남들 하는 대로 따라 하잖아. 근데, 갑자기 건어물 할머니는 왜?"

"학교 갔다 오면 엄마는 어딜 갔는지 보이지 않고, 외갓집 으로 엄마를 찾아가면 외할머니가 주전부리를 마련해놓고 나 를 기다리셨어. 밥 위에 찐 개떡 두 개, 옥수수 한 개, 감자 두 알, 불에 구운 동부 두 줄. 정 아무것도 없으면 메뚜기를 잡아 다가 찌고 말려서 볶아주셨어."

"할머니가 너를 참 귀여워하셨지. 너도 외갓집에서 살다시 피 했잖아."

"비 오는 날이면 나를 데리고 외할머니 친구네 건어물 가 게로 마실가셨지. 가게가 꽤 넓었던 걸로 기억하는데 가겟방 에 딸린 손바닥만 한 방에서 두 분이 얘기를 나누곤 하셨어. 가게 할머니는 북어쾌에서 눈알을 두어 개 뽑아다가 심심해 하는 내게 먹으라고 주셨지. 어떤 날은 오징어 입을 떼어다 가 주기도 했고. 그게 참 별미였어. 지금도 생선을 먹을 때면 대가리에서 눈알을 뽑아 먹잖아. 애들이 나보고 야만스럽다고 하지만 내게 생선 눈알은 그냥 눈알이 아니거든. 외할머니가 물건이 온전치 못해서 팔지 못하면 어쩌려구 그러느냐고 말리셨지만 가게 할머니는 한 쾌에 하나 정도는 눈알이 없어도 아무도 모른다고 걱정 말라고 하셨지. 오징어 입은 씹으면 씹을수록 맛이 나서 얼른 삼키지 않고 오래오래 껌처럼 씹으면서 그 입이 없는 오징어를 생각했어. 불쌍한 생각이 들었던 것 같아. 그러면서도 나는 외할머니한테 건어물 가게에 언제 갈 거냐고 졸라댔지."

"그런 일이 있었구나. 왜 나만 몰랐을까?"

"엄마가 딴 데 정신이 팔렸던 거지. 엄마도 소학교 4학년 중퇴 실력으로 겨우 한글을 뗐던 주제에 송판을 이어 붙여서 대패질하고, 거기다 먹물을 칠해 칠판을 만들어서 저녁이면 건넌방에 온 동네 글 모르는 코찔찔이들 모아놓고 한글을 가르쳤잖아. 가 갸 거 겨 하면서. 지금도 그 소리가 들리는 것 같네. 자기가 무슨 『상록수』의 채영신이나 되는 것처럼 갖은 폼을 다 잡고 대장 노릇 한 걸 내가 모를까 봐?"

"철모르던 그때가 좋았지. 냄새나는 코찔찔이들 머리를 배코로 밀어서 빡빡머리 만들고, 우물가에서 벅벅 씻겨놓으면 신수가 훤해지곤 했어. 그때는 왜 그렇게 부스럼을 많이 앓았는지 깨끗이 씻기고 아까징끼만 발라줘도 금세 낫곤 했지. 다 네 할아버지가 시켜서 했던 거야. 코찔찔이들 불러 모아준 것도 네 할아버지고, 칠판 만들라고 목재소에서 자투리 송판 얻어다 준 사람도 네 할아버지였어. 내가 무슨 수로 시아버지 명을 거역해? 그런데 하다 보니까 재미나더라. 지금 생각해보면 아버님이 내가 퍽이나 안쓰러우셨던 것 같아. 무어라도 하면서 잘 지내게 하려고 궁리를 하셨던 게지. 학교 가기 싫다고 책보를 담장 밖에서 안으로 던져놓고 내빼던 놈이 공부에 재미 들려서 일등까지 하고, 그대로 쭉 공부에 매달려서 대학교수까지 됐잖어.”

“그게 다 할아버지가 시켜서 했던 일이라고? 까맣게 몰랐네. 우리 할아버지는 정말 멋졌어. 아버지가 없었어도 할아버지가 계셔서 아버지가 그리운 걸 모르고 유년 시절을 보냈던 것 같아.”

“진짜 양반이셨지. 엄마는 지금도 가끔 시아버지가 그리워. 너, 생각나니? 아버님 돌아가시고 나서 산소가 있는 산 아래에다 따비밭을 일궈서 총각무를 심었었는데…… 농사일 핑계로 매일이다시피 산소를 찾았어. 그 앞에 우두커니 앉았다가 오기두 하구, 눈물 짜면서 푸념도 늘어놓구. 삼년상을 그렇게 치렀잖니.”

“응. 막내 삼촌하구 할아버지 산소 주위를 뛰면서 놀았던 생각이 나네. 봉분의 잔디가 자꾸 죽어서 엄마가 그랬잖아. 생전에도 대머리시더니 돌아가셔서도 대머리라구. 대머리래요, 대머리래요 하면서 산소 주위를 돌았더랬어. 산소 앞에 있던 굽은 소나무 가지에 엄마가 그네도 매어줬잖어.”

"네 삼촌이 산소 관리 잘하겠지?"

"웬걸? 재작년 윤달 들던 날에 파묘해서 화장해갖고 그 자리에 뿌렸다던데?"

"지 아버지 산소 하날 유지 못하고?"

"아냐, 그 산이 원래 국유지였는데 군사시설이 들어온다고 이장하라고 했대. 대개 묵은 산소는 이장하지 않고 화장하던데?"

"그 집안을 떠난 내가 무슨 할 말이 있겠냐마는 네 할아버지 혼백이 서운하셨겠다."

"산 사람 서운한 것도 신경 쓰지 않는 세상인데 혼백까지 신경 쓰는 사람은 하나도 없어요."

"그래, 모두 세상 탓이고 시류 탓이지. 좀 누워야겠다."

엄마는 마음이 상했는지 방으로 들어가 팔을 베고 누워버렸다. 엄마와의 대화는 항상 끝이 좋지 않았다.

멀쩡한 북어쾌에서 눈알 빠진 북어 한 마리나 번듯한 마른 오징어 축에서 입이 하나 떨어진 오징어처럼 엄마와 나는 어딘가 온전하지 못해서 잘 맞춰가는가 싶다가도 어그러지곤 했다.

함박눈이 푸지게 내렸다.

"엄마, 눈이 와요. 나와보세요. 어쩜 저리도 눈송이가 탐스러울까? 눈이 많이 오면 풍년이 든다고 엄마가 그랬던 것 같은데?"

"낸들 아냐? 어디서 들은 소리를 지껄였던 게지."

"왜 또 그래? 내겐 엄마 말이 철칙이었는데……"

"부모 잘못 만난 거야."

"맘대루 부모를 골라잡을 수 있었대두 나는 엄마를 골랐을 걸?"

"웬일이냐? 니가 엄마 듣기 좋은 소릴 다 하구?"

"꼭 말을 해야 아나? 그런 건 감으루 알아야지?"

"하느님두 말을 해야 아는 거여. 그래서 그렇게 기도하라 구 하능 거구. 일개 미물인 사람이 말두 안 하는데 워치키 사람 속을 알 수 있다능겨? 안다문 모다 잘못 아는 거겄지."

"그럴지두 모르겠네. 이제부터라두 꼭 말루 할게. 거봐, 엄마 말은 항상 옳다니까. 금세 온 세상이 하얗게 돼버렸네. 엄마, 나가서 눈사람 만들까?"

"다 늙어서 애들 하는 짓거리를 하자구?"

"나 어렸을 때는 엄마가 눈사람 만들어줬는데?"

"철이 없었다구 했잖어. 놀 사람이 너밖에 없었구."

엄마의 시선이 시공을 넘어 멀리 날아가는 듯했다.

"그때두 우리 둘뿐이었는데 또 둘만 남았구나. 피난길에 나만 뒤처졌더랬어. 눈이 어찌나 퍼붓는지 앞뒤 분간을 못 할 지경이었는데 니가 악을 쓰고 울어댔지. 에라 모르겠다 하구 길갓집 처마 아래에 퍼더버리구 앉았어. 니가 배가 고 파 우는 것 같았거든. 너를 내려서 돌려 안자 니가 방긋 웃었지. 너무 오래 업고 다녀서 다리가 저려서 울었던 건지도 모르지. 한참 동안 젖을 물리구 나서 정신을 차려보니 식구들이 보이지 않았어. 모두 앞서간 거야. 초행길인데 식구들을 놓쳤으니 기가 막혔지. 막막하더라. 어느 쪽으로 가야 할지 몰라서 그냥 우두커니 앉아 있었어. 미자야, 미자야, 어디 있니? 애타는 아버님 목소리가 들리자 벌떡 일어났어. 아버님 지 여 있어유. 아버님이 달려와서 나를 왈칵 안았지. 나는 아버님 품에 안겨서 울음을 터뜨렸어. 아버님, 을마나 무서웠는지 알어유? 그래, 그래 미안하다. 니가 뒤따라오겠거니 하고 앞서 갔어. 다른 피난민보다 늦으면 방을 구하기가 어렵거든. 오늘 밤 유숙할 방은 구해놨으니 이제부터는 니가 앞에 가자. 내가 뒤따라갈 테니. 빨리 간다고 누가 기다리는 것도 아닌데 피난 가다가 너까지 놓치면 피난 가나 마나지. 나를 찾으러 되짚어 오신 아버님이 얼마나 고맙던지…… 아버님 안 계셨으면 남편 없는 시집살이 못 견디고 진작 내뺐을 거야. 지금도 눈이 많이 오면 그때 그 막막했던 일이 생각나서 아득해져."

"그렇겠네. 그 겨울 피난길에 애들이 많이 죽었다는데 나는 용케 살아남은 거네?"

"니 명이 긴가부지. 너는 니 아버지 몫까지 오래오래 살아야 혀."

"나는 오래 사는 거 반갑잖어."

"그런 소리 하덜 말어. 니 아버지, 할아버지가 못 누린 세상, 너라도 다 누리고 살아야지."

"이미 분에 넘치게 누린 것 같은데?"

"뭔 소리여. 안적두 멀었지. 그런디 너는 소설가라면서 위째 글 쓰는 걸 본 적이 없다? 고작 책 한 권 내구 때려치운겨?"

"글쎄 그만 때려치울까 생각 중이긴 해."

"왜? 장원급제 했다믄서 자랑할 때는 언제고? 겨우 책 한 권 내고 때려치우믄 에미가 동네방네 자랑질한 거 다 물러야 되겠네?"

"내가 언제 장원급제 했다구 그랬어?"

"그게 그거지 뭐. 용두사미가 따로 읎구먼. 사람이 뭔 일을 시작했으믄 끝을 잘 맺어야지, 그게 뭐 하는 행위여?"

"엄마, 그게 말이야. 내가 무슨 연줄이 있어야지. 그렇다고 다른 소설가보다 썩 뛰어난 것두 아니구. 그저 겨우 이름만 단 것뿐이야. 문예지에서 청탁 한번 받은 적 없어. 단편 써놓은 게 책 한 권 낼 만큼은 되는데 어느 출판사에서 책을 내줘야 말이지. 출판사도 나무랄 수 없는 것이 요새 누가 소설책을 읽어? 책을 찍어봤자 찍는 대로 손해니까 베스트셀러 작가 아니면 출판을 꺼리는 게 당연한 거지."

"그럼 돈 내구 찍으면 되겠네."

"자비 출판까지 하고 싶지는 않아. 돈두 없구."

"얼마면 돼?"

"왜? 엄마가 내 책 내줄라구?"

"에미 노릇 한번 하자꾸나."

"아이구 아서요. 엄마는 엄마 노릇 충분히 하셨어요. 돈은 가지구 계셔요. 나이 들수록 돈이 있어야 든든하다며."

"왜 이려? 에미 깔보능겨? 나라에서 매달 따박따박 기초연금 주는 게 쌓여서 제법 돼야."

엄마도 한 고집 했다. 엄마의 고집으로 두번째 창작집을 자비 출판했다. 서점에 깔린 내 책을 바라보며 엄마는 흐뭇해하셨다. 책을 열 권이나 사서 동생들에게 나눠주면서 동생들에게도 책을 많이 사라고 다그치기까지 했다. 판매가 부진한 내 책은 일주일도 안 가서 서점의 진열대에서 사라졌다.

책 내느라고 정신이 없어서 잠깐 큰애네 생각을 잊고 있었는데 엄마가 먼저 운을 떼었다.

"큰애네는 저렇게 둘 거여? 다달이 나가는 월세에 허리가 휠 텐데?"

"그러잖아도 집을 정리해서 애들 전세 칸이라도 마련해줄 생각이에요. 집 내놨으니까 팔리는 대로 무슨 수를 내야지요."

집은 보러 오는 사람이 없이 가격만 자꾸 내려갔다. 그렇다고 전 재산인 집을 헐값에 팔아치울 수는 없는 노릇이었다. 게다가 코로나가 전 세계를 덮쳤다. 사람들은 오가지도 못하고 자동 격리되었다.

"세상에, 이런 난리가 없구나. 저, 저, 죽어나가는 것 좀 봐라. 총소리 한번 안 나고도 사람을 잡는구나."

"테레비 좀 그만 보세요. 우리는 집에만 있으니 안전해요."

"늙은이들이야 죽어도 아쉬울 것 없다지만 저 애기들은 어쩌냐."

"걱정한다고 달라지겠어요?"

강 건너 불이 아니었다.

엄마가 주방에서 달그락거리는 소리에 잠이 깨곤 했는데 그날따라 아무 소리가 들리지 않았다. 나가 보니 엄마가 싱크대 앞에 쓰러져 있었다. 풍을 맞은 것이다. 외할머니가 풍을 맞아 고생하시다가 돌아가셔서 유독 엄마의 혈압 관리에 신경을 썼는데 유전적인 것은 예방이 안 되는 모양이었다. 뇌경색이라 수술을 할 수도 없고 병원에 입원해서 약물치료와 재활치료만 했다. 입원하는 데도 애를 먹었다. 코로나 환자가 점령한 병원에는 병상이 없었다. 일주일이나 기다려서 입원할 수가 있었다. 어렵게 입원했지만 대학병원 치료는 한 달도 못 받았다. 재활병원으로 옮겨야 했다. 처음에는 말도 못하고 일어서지도 못했던 엄마가 육 개월이 지나자 어눌하게나마 말도 하고 부축하면 몇 발짝 걸을 수도 있게 되었다. 퇴원한 뒤 엄마 방에 환자용 침대를 들여놓았다.

"나, 영식이네로 갈텨. 글루 보내줘."

"맞벌이하는 애들이 엄마를 어떻게 보살핀다구 고집을 부리셔. 딸자식두 똑같이 엄마 배 아파 난 자식이니까 부담 갖지 마셔유."

"너두 힘들 텐데……"

"요양보호사 부르고, 목욕 도우미 쓰면 그렇게 어려울 것도 없어요. 맘 편히 계셔. 그래도 며느리보다 딸이 편하지 않나?"

"딸자식두 딸자식 나름이지……"

엄마는 내게 평생 미안한 마음을 품고 사신 것이 분명했다.

"왜? 나도 엄마가 좋은 사람 구해서 결혼시켰잖아. 그 덕분에 노후 걱정 없이 연금 생활자가 됐는데, 그거 하나만으로도 엄마는 엄마 노릇 다 한 거야. 결혼 전에 산 세월보다 결혼 후에 산 세월이 더 길잖어."

"니가 그렇게 생각해주니 고맙지만서두, 너를 떼놓고 온 것도 모자라서 그렇게 하고 싶은 공부도 못 시키구. 엄마는 네게 못할 노릇 많이 했어."

"공부 못한 것 아무렇지도 않어. 지금이라도 공부할 마음 있으면 얼마든지 할 수 있는 세상이 됐으니까, 털어버리셔. 입때까지 그런 마음을 지니구 있는 줄 몰랐네. 자식 생각은 그만하시구 이제부터는 본인 몸 생각이나 하셔유. 다리에 힘이 생겨야 바깥출입도 할 거 아녀. 언제까지 자식한테 희생만 하구 살아야 엄마 속이 시원하겠수?"

"내가 뭔 희생을 하구 살았다구 그랴. 너는 니 힘으로 벌어서 시집갔는데. 시집갈 때 농짝 하나 마련해주지 못한 것두 걸리구."

"걸리는 것두 많네. 엄마만 걸리면 뭘 해? 내가 아무렇지 않다는데? 나는 나대로 내 힘으로 혼수 장만해서 뿌듯했었다고요."

엄마와 같이 살지 않았으면 결코 몰랐을 엄마의 마음을 어렴풋이나마 알게 되니 만감이 교차했다. 내가 생각했던 것보다 훨씬 더 많이 엄마는 맘고생을 하고 사신 거였다. 풍 맞아서 몸마저 자유롭지 못한 엄마가 가여웠다. 할 수 있는 한 엄마에게 잘해드리자고 다짐했다. 그러나 내 마음가짐만으로 될 수 있는 일이 아니었다. 얼마 뒤 뇌경색이 재발한 엄마는 혼자서는 일어나 앉지도 못하고 말도 더 어눌해졌다. 화장실 출입마저 어려워지자 나 혼자서는 감당이 안 되었다.

"나, 요 양 원 보 내 줘."

엄마는 어눌한 어조로 힘겹게 말했다. 끝까지 보살피려 했지만 스스로는 엉덩이도 들 수 없을 만큼 근력이 빠진 엄마를 감당하기에는 체력이 달렸다. 동생들과 의논해서 엄마를 요양원으로 모시기로 결정했다. 요양원도 만원이었다. 한 달이나 기다려서 겨우 자리가 난 요양원에 엄마를 모셨다.

엄마가 요양원으로 들어가시고 나서 엄마의 물건을 정리했다. 엄마가 우리 집으로 들어오실 때 가지고 왔던 몇 가지 물건 중에 노란 보자기로 싼 상자가 있었는데 보이지 않았다. 아무도 손을 대지 못하게 감춰버린 것 같았다.

노란 꾸러미는 장롱 제일 안쪽에 두툼한 겨울 스웨터로 한 번 더 감싸여져 있었다. 보자기를 끄르자 종이 상자가 나왔다. 엄마의 솜씨가 분명했다. 와이셔츠 상자에 창호지를 몇 겹이고 덧발라서 탄탄하게 한 다음 마른 꽃으로 모양을 낸 종이 상자. 초등학교 때 여름방학 과제물로 엄마가 만들어준 조그만 종이 상자를 제출해서 상을 받았던 기억이 떠올랐다. 엄마는 손끝이 야물다는 소리를 들었다. 엄마가 두르는 앞치마의 주머니에도 작은 꽃이 피어 있었고, 창호지 문에도 베갯잇에도 꽃을 피워냈다. 내 물건마다 색실로 꽃과 이름을 수놓아서 아이들의 부러움을 샀다. 돈이 궁했던 엄마는 사과 궤짝을 얻어다가 초벌로 비료 포대를 뜯어서 바르고 그 위에 창호지를 덧발라서 내 일기장이나 다 쓴 스케치북 같은 걸 넣어두었다. 해가 바뀌어 창호지가 누렇게 변색되면 창호지에 노랗게 치자 물을 들여서 말린 다음 궤짝에 덧발랐다. 내 궤짝은 해를 거듭할수록 탄탄해지고 예뻐졌다. 나는 구슬이나 공깃돌, 머리핀 등 내 다른 귀중품도 그 궤짝에 넣어두었는데 한번씩 꺼내어 보는 게 큰 즐거움이었다.

뚜껑을 여니 맨 위에 창호지로 얌전히 싸놓은 사진 한 장이 있었다. 초등학교 졸업식 날, 상장과 상품을 가득 안은 엄마와 엄마가 밤새 습자지를 연필에 돌돌 말아서 만든 흰 꽃으로 장식한 측백나무 꽃다발을 품에 안고 활짝 웃고 있는 내가 함께 찍은 초등학교 졸업사진이었다. 나는 색동저고리와 분홍치마를 입었던 걸로 기억되는데 흑백사진이라 치마 색깔은 알아볼 수 없었다. 졸업식에 한복을 입고 가는 게 죽기보다 싫었지만 엄마는 내게 한복을 입혀서 데리고 갔다. 학교 정문 앞에서 사진사에게 특별히 학교 명패가 보이게 찍어달라고 주문했다. 한 장밖에 없는 성냥갑만 한 사진을 들어내니 '미자 고등학교 입학금'이라고 적힌 봉투가 있었다. 안에는 깨끗하게 다림질된 지폐가 들어 있었다. 몇십 년이나 간직하고 있었던 내 입학금. 그동안 돈 쓸 일도 많았을 텐데 쓸데도 없는 입학금을 왜 간직하고 있었을까. 상자 맨 아래에는 한 장 한 장 다림질해서 색실로 묶은 편지 다발이 있었다. 내가 엄마에게 보낸 편지들이었다. 오래된데다 여기저기 눈물로 번진 자국 때문에 알아볼 수 없는 내용들이었다. 보나 마나 애끓는 마음으로 엄마에게 원망을 쏟아냈을 것이다. 거기 어떤 눈물 자국은 원망 어린 내 눈물이었고 어떤 자국은 가슴 아린 엄마의 눈물이 남긴 것이었을 테다.

아직도 쏟을 눈물이 남아 있었는지 한 장 한 장 편지를 넘기는데 눈물방울이 그 위로 후두둑 떨어졌다. 내 서러움이 아니었다. 이러지도 저러지도 못하고 아리고 저렸던 엄마의 마음을 이제야 느끼게 된 뒤늦은 후회의 눈물이었다.

엄마가 요양원으로 들어가자 아들네가 짐을 싸 들고 들어왔다. 어머니가 혼자 계시는 게 안타까워서 들어왔다고 그럴싸한 명분을 들이댔지만 더 이상 월세를 버티기 힘들었던 거였다.

코로나로 인해 요양원은 면회가 되지 않았다. 엄마가 원하셨다고는 하지만 현대판 고려장이나 다름없었다. 일주일에 한 번, 담당 간호사의 휴대폰으로 영상통화를 해서 엄마를 볼 수 있었다. 엄마는 식사를 뜨는 시늉만 하시고, 말씀도 거의 안 하셨다. 퇴원하기 전에는 맘대로 엄마를 볼 수가 없는데 그렇다고 다시 엄마를 모셔다가 돌볼 자신이 없었다. 아무런 말씀이 없었지만 엄마는 내쳐진 느낌이었을 것이다. 아무리 규칙이 그렇다고는 하지만 요양원에 보내놓고 자식들이 일절 오가지를 않으니 얼마나 답답하셨을까. 애만 태우는 나날들이었다.

요양원에서 연락이 왔다. 엄마가 식사를 전혀 안 하신다는 것이었다. 콧줄을 끼워서 영양 공급을 하는 게 어떻겠냐고 했다. 아무래도 엄마가 자의로 곡기를 끊으신 것 같았다. 몸이 불편하지 엄마의 정신은 명료했으니까 입버릇처럼 말했던 대로 행동에 옮기신 게 분명했다.

딱 열흘만 굶으면 돼. 이만하면 이 세상에서 누릴 것 어지간히 누렸다. 비행기 타고 제주도에도 가봤지, 내가 버린 딸에게까지 지극정성으로 효도 받고 있지. 더 바라면 벌 받아. 엄마는, 별말씀을 다 하셔. 사람 목숨이 그렇게 간단히 끊어질 것 같아? 그리고, 이제 겨우 엄마랑 같이 살게 됐는데 나는 어쩌라구? 너는 네 인생이 있는 거니까 네가 알아서 살면 돼. 엄마라구 뭐 하나 도움도 못 되는걸. 아니야, 엄마는 내 곁에 있어주기만 해도 내겐 힘이 돼. 엄마랑 떨어져 살 때도 내 맘속에는 항상 엄마가 있어서 나를 붙들어줬어. 내 속으로 난 딸이 맞나? 내가 딸 하나는 이 세상에 잘 떨궈놓은 것 같구나.

혼자 결정할 문제가 아니었다. 평소에도 엄마는 단호했다. 요양원에 들어가기 전에 내게 신신당부한 것도 콧줄과 심폐소생술 금지였다. 살아 있어도 죽은 것처럼 살아 있고 싶지 않다는 뜻이었다. 하긴 내 생각도 엄마와 같았다. 요양원을 둘러보러 갔을 때 콧줄이 덜렁거리는 채 나란히 누워 있는 노인들의 모습이 섬뜩했었다.

엄마는 대체식도 넘기지 못해서 링거액으로 지탱하는 수밖에 없었다. 휴대폰의 화상으로 본 엄마의 얼굴은 바짝 말라서 물기라고는 없어 보였다. 그렇게 한 달을 버티시다가 아들 며느리 손자와 함께 목사님의 임종 예배를 받고 운명하셨다. 향년 89세, 파란만장했던 세월이었다. 코로나는 수그러들 줄 모르고 엄마의 장례는 조문객 없이 쓸쓸하게 치러졌다.

내가 힘들더라도 모셨어야 했다는 자책감에 눈물마저 나오지 않았다. 동생들도 내 마음과 같은 듯했다. 엄마는 애통해하는 사람 하나 없이 한 줌의 재가 되어 항아리에 담겼다. 산이나 바다에 뿌려달라던 엄마의 소원은 아들의 주장에 의해 묵살되고 납골당에 안치됐다.

면회는 안 되어도 요양원에 엄마가 계시려니 했던 때와 어디에도 엄마가 계시지 않다는 건 확연히 달랐다. 장례식에서는 나오지 않았던 눈물이 시도 때도 없이 불쑥불쑥 솟구쳤다. 엄마가 늘상 바라보던 창밖 풍경에서도 엄마의 모습이 어른거렸고, 엄마가 좋아하던 김칫국을 한술 떠 넣으면서도 목이 메었다. 거울 속의 내 모습은 영락없는 엄마의 모습으로 비쳤다. 집 안 곳곳 엄마의 손길이 닿지 않은 데가 없었다. 투명했던 유리문, 윤기 나던 장롱, 물 자국 하나 없던 싱크대. 어디라 눈 둘 곳이 없었다. 우울증이 나를 찾아왔다.

10장
꽃상여

　아들이 내 집을 팔아서 내겐 의논 한마디 없이 우선 급한 대로 제 빚을 갈무리하고, 남은 돈으로 수도권의 허름한 빌라를 두 채 샀다. 하나는 제 몫으로 삼십 평형을, 내 몫으로는 이십 평형을 샀다.

　그렇게 집을 보러 오지도 않더니 어렵사리 매매가 성사되자마자 집값이 천정부지로 솟구쳤다. 아무도 예상하지 못했던 코로나처럼 우리 집에 닥친 재앙이려니 했다. 이미 돌이킬 수 없는 일이 이번이 마지막이기를 바랄 뿐이었다.

　사다리차의 선반이 스르륵 올라가서 십오층 베란다 난간에 척 걸쳐진다. 이삿짐을 가득 실은 선반이 드르륵 내려오자 곧바로 인부들이 트럭으로 짐을 옮긴다. 사다리차가 오르내릴 때마다 내 가슴도 덩달아 드르륵드르륵 울린다. 대기하고 있는 이사 트럭은 두 대다. 먼저 아들네 짐이 내려온다. 빌라로 가는 대신 어지간한 세간은 모두 새로 장만한 모양이었다. 내 짐이라야 한 트럭 거리도 안 되었다. 길가의 경계석에 쪼그리고 앉은 나는 도무지 일어설 맘이 없다.

그동안 좋은 집에서 따뜻하고 편안하게 살았으면 되지 않았느냐고 다독여보지만 한번 내려앉은 마음은 노무지 일어서지 않는다. 팔십이 다 된 나이에 경기도 광주의 빌라로 밀려나다니, 늦팔자가 좋을 거라던 사주쟁이의 사주풀이도 순 엉터리다. 조금만 더 기다렸다 팔았으면 광주라고 해도 아파트를 살 수 있었을 텐데 아들이 서두르는 바람에 작자가 나서자마자 급하게 매매를 했다. 자발떨지 말고 느긋하게 기다렸다가 팔았다면 저도 좋고 어미도 좋았을 것을 돈복이 없어도 이렇게 없을 수가 있나. 무슨 조홧속인지 코로나가 기승을 부리는 판국인데도 그렇게 매매가 없던 아파트가 집을 계약하고서 한 달도 안 되는 사이에 미친년 널뛰듯 뛰어올라서 이사 날에 이르러서는 우리가 계약한 금액보다 일억이나 치솟았다.

나는 스르르 길가에 드러눕는다. 하늘이 파랗다. 하기는 난생처음 겪는 코로나바이러스 전쟁이라는 상황이 아들을 그렇게 몰아갔을 것이다. 세계 경제가 어려워진 건 물론이고 나라에서 전 국민에게 우선 입에 풀칠하라고 곳간을 여는 판이다. 그 누구도 한 치 앞을 내다볼 수 없는 지경에서 결정한 것이라 더 말할 것도 없긴 하다.

"어머니, 왜 이러세요. 어디 아파요?"

"아녀, 그냥 몸뚱이가 저절로 넘어가네."

"그러게 차에 먼저 타고 계시라니까."

"갑갑해서 싫어. 저기 등나무 그늘 아래 긴 의자에 앉아서 이삿짐 다 내려올 때까지 기다릴래."

"고집두 참."

혀를 차며 돌아서는 아들의 뒷모습도 구부정한 게 나이가 든 티가 난다. 제 놈이라고 속이 편할까. 나는 눈을 들어 십오층 베란다를 올려다본다. 낡은 장롱이 내려오고 있다. 폐기 처분될 신세다. 오래 써서 낡고 흠집 난 가구들은 대부분 폐기 처분하고 이사 갈 집에는 어느새 새 가구를 들여놓았단다. 늙으면 어쩔 수 없이 자식들 말에 따를 수밖에 없다. 요즘 들어 정신도 오락가락한다. 너무 속이 상해서 그런 걸까. 나이 일흔여섯이면 노망날 때가 된 것 같지는 않은데 너무 신경을 많이 쓴 탓인 것 같다.

옛말에 딸이 도둑년이라더니 아들은 순 날강도다. 살던 아파트를 매매해서 아들네 전셋집을 마련해주려고 마음먹었지만, 아파트가 팔리지 않아서 그도 저도 못하고 있던 차에 아들네가 짐을 싸 들고 들이닥쳤다. 굴러온 돌이 박힌 돌을 빼낸다더니 아들이 슬그머니 집주인 행세를 했다. 나는 등받이가 있는 긴 의자에 기대어 눈을 감는다. 꼼짝없이 집 안에만

갇혀 있던 요 근래의 징역살이 같은 날들 말고, 맘껏 싸돌아
치던 지난 몇 년간의 세월이 텔레비전 화면처럼 스쳐 간다.

　남편이 죽고 나서 생긴 울화병인지 집 안에 들어앉아 있으
면 갑갑증이 나서 어쩔 줄을 몰랐다. 엄마가 같이 살 때는 그
럭저럭 견딜 만했는데 엄마마저 요양원에 들어가시고 나자
갑갑증이 도져서 비가 오나 눈이 오나 가릴 것 없이 집을 나
와서 여기저기로 돌아다녔다. 찐 감자 서너 알과 작은 물병
이 든 배낭을 메고 손에는 투명 비닐우산을 잡았다. 우산으로
쓰기보다는 지팡이로 안성맞춤이었다. 살짝 굽은 허리에 키
도 딱 맞고 가벼운데다 탄탄하기까지 하다. 자존심이 허락하
지 않아서 지팡이 없이 구부리고 걸어 다니지만 몇 걸음 못
가서 허리를 펴고 등허리를 두드려야 하는 것은 물론이고, 길
가의 의자나 경계석이나 가리지 않고 앉아 쉬어야 다시 걸을
수가 있다. 지팡이를 짚으면 왠지 아주 호호백발 늙은이가 된
것 같아서 할 수 있는 한 지팡이는 짚지 않겠다고 다짐했다.
얼마 전 판교역에서 그만 다리에 힘이 풀려 풀썩 주저앉고 말
았다. 함께 전철역 대합실로 나오던 젊은이가 곧장 달려와 일
으켜 세우고 의자까지 데려다 앉혀놓고는 돌아서면서 한마디
했다.
　"할머니, 지팡이 짚고 다니세요. 시팡이가 다리 하나 더 있
는 거랑 같아요." 웬 참견이야? 지팡이를 짚으라고? 지팡이

는 늙은이의 상징 아닌가?

아직 팔십도 안 됐는데, 지팡이에 의지할 나이는 아니지. 그 날따라 허리가 더 아팠다. 밖에 비가 오는지 사람들이 우산을 들고 역으로 들어왔다. 나는 편의점에서 오천 원짜리 투명 비닐우산을 샀다. 활짝 펴니 환하고 가볍고 둥근 손잡이까지, 마음에 쏙 들었다. 역을 나서자 그새 비가 그쳤다. 나는 우산으로 땅을 짚었다. 여간 든든한 게 아니다. 이건 우산이지, 지팡이가 아니야. 그날부터 집을 나설 때 투명 비닐우산을 챙겼다.

발걸음은 자연스레 판교역으로 향했다. 나를 앞질러 늙수그레한 여자 셋이서 커다란 배낭을 메고 봇들공원 쪽으로 부지런히 걸어갔다. 신도시가 들어서면서 야트막한 뒷동산에 봇들공원이라는 명패가 붙었다. 며칠 있으면 추석이다. 저 할망구들, 도토리를 주우러 가는구나.

나는 구부린 허리를 펴고 테크노밸리의 높은 건물에 가려서 보이지 않는 봇들공원 쪽을 바라보았다. 추석 무렵부터 도토리가 떨어졌다. 봇들공원에는 갈참나무 졸참나무 물참나무 가릴 것 없이 떡갈나무가 지천이었다. 매끈한 놈에 오동통한 놈에 동그란 놈에, 알밤보다 어여쁜 도토리를 줍다 보면 시간 가는 줄을 몰랐다. 까도토리가 가루도 많이 나고 맛도 좋지만 흔치 않다. 산밤나무도 많지만 도토리가 떨어진 후에 알밤이 벌어지는데 그건 돈이 되지 않는다. 두어 됫박 주어와도 알이 너무 작아 식구들은 입에도 안 댔다. 알밤보다 도토리가 대접

받는 세상이 오리라고는 생각지도 못했던 시절이 있었다. 이 제는 아무리 뒷동산이라지만 산을 탈 수가 없다. 공원으로 이름 붙은 다음에는 계단도 만들어놓고 가파른 길에는 동아줄도 늘어놓아서 어지간한 늙은이들이 재미 삼아 도토리를 주우러 다녔다. 도토리 가루를 내는 일은 일일이 하나하나 줍는 것부터 산에서 지고 내려오고, 껍질을 까서 말리고, 몇 번이고 우린 다음에 믹서에 갈아서 자루에 넣어 빨아 그 물을 가라앉혀 앙금을 내고, 또 그 앙금을 햇볕에 말려야 한다. 양이 많으면 도토리 앙금을 만들어주는 방앗간에 가지고 간다. 그러나 도토리를 전문으로 취급하는 방앗간은 멀리 일산이나 하남에 있다. 아들에게 갖은 지청구를 들어가며 차를 얻어 타고 가서야 앙금을 얻을 수가 있었다. 손이 많이 가고 품도 많이 들지만 손이 많이 가는 만큼 값도 좋아서 가을 한철 부지런만 떨면 겨우내 용돈 걱정은 덜었다.

경강선을 타고 여주 쪽으로 나가볼까? 아니면 신분당선을 타서 몇 번씩 갈아타고 인천공항으로 가서 바다도 보고 비행기도 보고 이런저런 인종도 구경할까. 아니면 4호선으로 갈아타서 서울대병원에나 가볼까. 2호선 잠실역에 내려 롯데월드 아이스링크에 가서 스케이트 타는 거나 구경할까. 오늘은 선뜻 방향을 잡을 수가 없다.

내 머릿속에는 얽히고설킨 지하철 노선도가 들어 있다. 아무리 길눈이 밝은 사람도 지하철 환승역에서는 헤매는 경우가 많다지만 나는 그런 적이 없다. 지하철이 닿는 곳이라면 한 군데도 빠짐없이 종점까지 가보았다.

"선우 할머니, 오늘은 어디로 가셔?"

"글쎄, 동쪽으로 갈까나. 서쪽으로 갈까나. 아니 아니, 북쪽으로 갈라요."

"선우 할머니는 유머도 넘치셔. 잘 다녀오시고 재미난 얘기 좀 들려주세요."

벌써 일이 끝났는지 마주 오던 아파트 청소 아줌마가 인사차 말을 건넸다. "저기 의자에 앉아서 쉬었다 가지?"

"아니에요, 오늘은 바빠요."

내게 붙잡히면 족히 십 분 이상 넋두리를 들어야 한다는 걸 알 만한 사람은 다 안다. 나는 어디서나, 그게 누구든 옆자리에 앉은 사람에게 말을 걸었다. 어지간한 깍쟁이가 아닌 다음에야 적어도 십 분은 내 넋두리를 들어주었다. 더러 별꼴이라는 듯이 벌떡 일어나 가버리는 사람이 있지만 그렇게라도 말을 하지 않으면 숨통이 막혀서 쓰러질 것만 같았다. 아무도 들어주지 않을 때는 혼잣말이라도 해야 살아갈 수가 있었다.

이사 가기 전에 혜화동 사는 삼순이나 보러 가야겠다. 나는 아직 나다닐 수 있지만 그 친구는 꼼짝없이 집 안에 갇혀 지내고 있다.

신분당선으로 발걸음이 앞섰다. 자리에 앉았던 중늙은이가 벌떡 일어나 자리를 양보했다. 젊은이들보다 어중간한 늙은

이들이 양보를 더 잘한다. 자리에 앉은 젊은이들은 거의 스마트폰에 눈 박고 있거나 아예 퍼질러 잔다. 그렇다고 앉을 자리 걱정은 한 적이 없다. 눈 감고 자는 척하지 않는 다음에야 늙은이를 앞에 세워놓을 수는 없는 게 우리나라 사람들의 정서다. 바로 앞이 아니면 몇 사람 건너서라도 자리를 양보하는 사람이 꼭 있다. 늙은이가 누릴 수 있는 큰 혜택이다.

경로석 쪽으로 눈길을 주니 차려입고 나선 늙은이들로 이미 만원이다. 마음 맞는 늙은이들끼리 전철로 나들이하는 게 유행이다. 나는 매일 이른 점심을 먹고 홀로 배낭을 둘러메고 무작정 집을 나섰다. 공짜 전철 카드 덕분이었다. 전철 카드 하나만 챙기면 산지사방으로 뻗은 철길 따라 어디로든 갈 수가 있었다. 지금은 십 년째 손을 놓고 있지만 마음잡고 앉아서 다시 소설을 쓰지 말라는 법은 없는 것이니까 부지런히 소설 재료를 찾아다닌다는 명분이 나를 집 밖으로 내몰았는지도 모르겠다.

지난가을부터 허리가 부쩍 속을 썩인다. 하루건너 침을 맞고 물리치료를 받아도 그때뿐이라서 그만두고 통증클리닉에 가서 주사를 맞았다. 아편이라도 들었는지 주사를 맞고 나면 몇 달은 통증 없이 지내곤 했으나, 그 주기가 짧아지고 있다.

영감은 예순 아홉수에 걸려서 가고, 엄마는 여든 아홉수에 걸려서 저승으로 갔다. 나도 몇 년 안 있으면 아홉수에 들 텐데, 잘 넘길 수 있으려나. 나이 들수록 옛말이 괜히 있는 게 아니란 걸 뼈저리게 느낀다. 조금만 더 살고 싶다. 조금만, 조금만 하면서 팔십 구십 백 살까지 이 세상 재미를 놓기 싫어서 용을 쓰면 어떡하나. 지난번 고뿔에 걸려 사흘을 꼬박 앓아누웠을 때는 이제 그만 끝인가 했고, 이렇게 아플 바에야 죽는 것이 낫겠다는 생각이 들기도 했다. 그러나 늙은이들 생각은 엇비슷했다. 개똥밭에 굴러도 이승이 좋다느니, 이 좋은 세상을 두고 아까워서 어떻게 눈을 감느냐느니, 어떻게든지 살아남을 궁리뿐이었다. 제 몸 하나 지탱하지 못해 밀차를 밀고 다니는 구순 노인도 노인 소일거리를 달라고 노인회장에게 담뱃값을 쥐여주고, 복지과로 통사정을 하러 다니는 판이다. 돈이야 많을수록 좋은 것이니까.

나는 양재역에서 3호선으로 갈아타고 충무로역에서 4호선으로 갈아타서 혜화역에 내렸다. 삼순이네 집은 역에서도 십 분은 걸어 올라가야 한다.

삼순이네 아파트 입구에 있는 편의점에서 요구르트 한 묶음을 사서 배낭에 넣었다. 편의점 물건이 비싸지만 무거운 걸 지고 다닐 여력이 없다. 휴대폰에서 삼순이네 아파트 공동현관 비밀번호를 찾아 누르고 현관 비밀번호까지 누르고 집 안에 들어서자 늙은이 냄새가 먼저 반겼다.

"나 왔어. 자능겨?"

소파에 누워서 텔레비전을 보던 삼순이가 눈을 끔벅이며 되묻는다.

"누구유? 어치케 들어왔댜?"

"나여, 미자. 인터폰 해도 문 못 열어준다고 비밀번호 갈쳐 주고서는 고새 잊어뻔진겨?"

"세상에 이게 누구여. 미자 아녀? 이 먼 길을 어치케 왔댜? 자주 전화해주는 것만도 고마운디. 어여 여기 앉어. 집이 지저분하지? 아직 요양보호사가 안 와서 못 치워 이 모양이여. 두시나 댔아 외. 니는 한술 떴는데, 자게는 즘심 먹었어?"

"대충 때웠지 뭐. 돈 뒀다 뭐 할려구 그랴. 입주 도우미를 쓰지."

"그게 그리 쉽지가 않어. 혼자인 걸 알면 승냥이처럼 달려들 것 같구. 어디 믿을 만한 사람 있으면 소개시켜줘."

"요양보호사 하는 사람 중에서 골라봐. 돈만 많이 주면 왜 안 오겠어?"

"혼자인 게 서러워. 누가 나서서 알아봐주지도 않고. 내 몸을 낯선 사람에게 맡기려니 여간 서러운 게 아니네. 자네는 아들 며느리랑 같이 사니 좋지?"

"좋은 건지 나쁜 건지 원. 되려 혼자 사는 게 편할 것 같긴 한데. 자넬 보면 그것두 아닌 것 같구. 어째 이놈의 인생은 살아도 살아도 모르겠는 거투성이여."

나는 배낭에서 요구르트와 찐 감자를 꺼내놓았다.

"귀한 동무가 왔는데 즘심 대접해야 하는데 어쩌나."

"즘심 먹었대며? 나는 감자 두 알이면 배불러. 자게도 먹어볼려?"

"그래두 이게 아닌데."

"안이구 밖이구 대충 사는 거지, 뭘 따지구 그랴. 그런 것 두 다 몸 성했을 때 일이지. 베란다 문 좀 열어두 되지? 바깥 날씨가 여간 좋은 게 아녀."

나는 앞뒤 문을 활짝 열어서 환기시켰다.

"추운데 왜 문을 열구 지랄이여?"

"아이구. 저 아래 까마귀가 하얗게 얼어 죽었다데? 오뉴월 에 담요 들쓰고 앉아서 춥기는."

"자네두 죙일 꼼짝 못하고 들어앉았어봐. 추운가 안 추운 가."

"이런, 발이 싸늘하네, 지난번에 내가 사다 준 덧버선이라 도 신지 왜."

"덧버선 신으면 따뜻하긴 한데 금세 갑갑해져서 벗어 던졌 어. 재미난 얘기 좀 풀어놔봐. 자네는 사방천지 돌아댕기니까 보고 들은 것두 많잖여."

"에구, 재미난 거야 테레비에 다 들었지. 돌아댕겨봤자 내 눈에는 꼴사나운 것만 보여. 솜털두 안 가신 어린 것들이 쥐 잡아먹은 주댕이를 하고 대낮에 전철 안에서 부둥켜안고 쪽 쪽대지를 않나. 요즘 것들은 학교에서 뭘 배우는지 공중도덕 이라고는 없어."

"테레비서두 안 하는 좋은 구경 했구먼 뭘 그랴."

"그런 소리 말어. 어디 눈 둘 데가 읎어서 눈 감고 앉았다가 두 정거장이나 더 갔다가 돌아왔구먼. 아이구, 말세여 말세."

"어허, 언제 말세 아닌 때가 있었남?"

"그려, 말세 지경에 자기들만 천국 가겠다고 하얀 옷 입고 떼죽음했던 일도 있었지? 참 사람이 어리석어. 아무리 교주를 신처럼 떠받든대도 그렇지. 그게 믿어지나?"

"그걸 몰라 묻나? 사는 건 힘들고, 사시장철 꽃 피고 근심 걱정 없는 곳으로 데려간다는데 혹하지. 다 지 믿고 싶은 거만 믿어서 그 사달이 난 게야."

"집안 귀신 되더니 이제 신선이 다 됐나 보네."

"신선? 이런 신선 자네나 하게. 맘대로 싸돌아댕기는 자네가 새로 나온 신선이 아니고 뭐겠나."

"허긴 우리 모두 신선이 되고도 남을 세월을 살았지."

말세, 말세 하더니 진짜 말세가 온 모양이다. 텔레비전에서는 날이면 날마다 코로나바이러스 얘기로 숨통을 틀어막는다. 우리나라뿐 아니라 온 세상이 난리도 그런 난리가 없다. 코로나 바이러스로 죽은 사람들이 짐짝처럼 트럭에 실려 나가는 광경은 차마 눈 뜨고 볼 수가 없다. 누가 꽃상여까지 바라랴. 그러나 코로나로 죽으면 이건 완전히 쓰레기 취급이다. 당장 죽더라도 코로나로 죽고 싶지는 않다. 하기는 그동안 내남없이 너무 잘 먹고 잘살았다. 어릴 석에는 비행기 한번 쳐다보기도 어려웠는데 지금은 비행기 안 타본 사람은 손으로 꿉을 정도다. 아무리 말세 지경이라도 살아 있는 한 먹고살아야 한다. 그 좋은 학벌에 택배기사를 하고 있는 아들만 봐도 안타깝다. 난리가 나면 먼저 죽어나가는 게 가진 거 없는 사람들이다. 팔십이 다 되도록 살았으니 당장 죽는대도 아쉬울 것 없지만 아들네가 큰 걱정이다. 다행히 낡은 빌라라도 장만했으니 집 걱정은 덜었다.

코로나가 퍼지자마자 경로당도 문을 닫았고, 노인복지회관도 문을 닫았다. 심심해서 죽은 사람은 없다지만 하루 종일 텔레비전만 보고 들어앉아 있는 것도 하루 이틀이다. 늙은이들 갈 데라고는 딱 정해져 있다. 느티나무 아래 의자에 옹기종기 앉아서 수다를 떨거나 육교 밑에 야채 노점을 펼치고 있는 늙은이 옆에 붙어 앉아서 시든 야채를 다듬어주다가 못 팔게 된 것들을 한 줌 얻어가는 게 큰 소일거리였다. 아들도 대학 다니는 손자도 아침마다 나다니지 말고 집에만 있으라고 단속을 했다. 그렇게 쏘다니다가 코로나 얻어걸리면 온 가족이 검사받아야 하고, 뿔뿔이 흩어져 치료받아야 하고, 신상 털리는 건 순간이니까 절대로 나다니지 말라고 했다.

"나두 알어. 안적 귀도 들리고 눈도 보이거든? 왜 에미를 바보 취급하는 거여? 죙일 틀어놓은 테레비서 줄창 하는 말이 그건데. 니들이나 마스크 잘 쓰구 댕기고 손이나 빠득빠득 잘 씻어. 젊은것들이 춤추고 댕기다가 코로나 얻어 와서 늙은이 죽이는 게야. 뉴스 봐라. 죽어나가는 건 죄다 늙은이잖여."

아무리 생각해도 자식 농사는 망했다. 효심은커녕 늙어빠진 어미를 단물만 쪽 빨아먹고 내칠 작정인 게 분명하다.

사다리차가 몇 번 오르내리니 이삿짐은 거의 내려온 것 같다. 참 편리한 세상이다. 사다리차가 오르내리는 걸 따라 고개가 절로 주억거린 탓일까, 어지럽고 속이 울렁거린다.

붉은 비단에 먹물로 써 내려간 글자기 춤을 추듯이 펄럭였다. 흰색 푸른색 붉은색 온갖 색의 만장이 우쭐우쭐 앞장을 섰다. 시골 장터 길을 가득 메운 구경꾼은 장날보다 많았다. 오일장을 하는 내내 수십 명이 달려들어 만들었다는 꽃상여는 텔레비전에서도 볼 수 없었던 아름다운 꽃가마였다. 상여 위로 높다랗게 흰 천으로 양장을 쳤고 뾰족하게 치솟은 네 귀퉁이에는 황금색 수술을 달았다. 상여꾼이 발맞춰서 걸음을 뗄 때마다 양장이 출렁거렸다. 붉고 흰 종이꽃으로 장식한 꽃상여를 멘 상여꾼은 흰 두건을 쓰고 광목으로 만든 옷을 갖춰 입었고 다리에는 각반을 찼다. 상여 앞에 올라탄 요령잡이의 구슬픈 선창에 따라 상여꾼들이 어허, 어허 화답을 했다. 상여꾼이 얼마나 많았던지 상여 앞뒤로 길게 광목천을 드리워서 그 끈을 잡고 가는 사람만도 수십 명이 넘어 보였다. 그 뒤로 상복을 입은 상제들이 어이어이 곡을 하며 대나무 지팡이를 짚고 따라가고, 깃 쓰고 도포를 입은 조문객들이 뒤를 따랐다. 위엄을 갖춘 조문객들로 온 읍내가 꽉 차 보였다. 저승

길이 저리 호화롭다면 지금이라도 따라가고 싶네. 손을 잡고 구경 나온 노인이 부러운 눈길로 상여 뒤를 쫓았다. 상여는 좀체 앞으로 나아가지 않고 마냥 제자리걸음을 했다. 굴건제복한 만상제가 상여를 묶은 삼줄에 지폐를 꽂으면 그제야 상여는 몇 발짝 앞으로 나아갔다. 꽃상여는 아쉽다는 듯 느릿느릿 읍내 장터 길을 한 바퀴 돈 다음에 산길로 향했다. 산모롱이를 돌아가는 꽃상여가 보이지 않을 때까지 구경꾼들은 자리를 떠나지 못했다.

"할머니, 할머니. 일어나세요. 그새 잠드신 거예요? 이제 새집으로 가셔야지요."

"응? 내가 깜빡 졸았나 보다. 새집은 무슨, 새집 주고 헌 집으로 가는 거지."

"할머니, 새로운 집이니까 새집이에요. 말끔하게 수리해서 새집과 다름없어요. 빌라 뒤에 동산도 있고, 앞으로는 개천이 흐르고요. 아마 할머니 지내시기에는 여기보다 나을걸요."

"느이나 좋겠지."

"아이, 할머니. 바로 옆집이라니까요. 가보시면 알아요."

차가 아파트 단지를 벗어난다. 느티나무 아래 의자에 늙은이 몇이 마스크를 쓰고 앉아 있다. 오늘 이사한다고 보는 사람마다 얘기를 했었는데 아무도 배웅을 나온 사람이 없었다. 인정머리 없는 늙은이들 같으니라고, 함께 밥 먹은 세월이 얼만데 참 냉정하기도 하다. 이 동네 떠나기를 잘한 것 같다. 그래도 쓸쓸하고 서운한 마음이 드는 건 어찌할 수가 없다. 나는 다시 잠들고 싶다. 꾸던 꿈을 마저 꾸고 싶다. 무슨 조짐일까. 길에서 지나가는 영구차만 봐도 재수가 좋다던데 선잠이 든 꿈에서 호화찬란한 꽃상여를 보았으니 이사 가는 이 길이 꽃길이라는 걸까. 어렸을 적에 할머니 손을 잡고 구경했던 상여 나가던 광경이 어제 일인 듯 선명하게 보였다. 그날의 화사했던 햇살, 죽음조차 부럽도록 호사스럽던 행렬. 요령잡이의 구슬픈 목청, 흰옷 입은 사람들의 길고도 긴 행렬이 느릿느릿 산모롱이를 돌아가던 풍경. 언젠가 가야만 할 길이라면 지금 당장 꽃상여를 타고 가고 싶다. 언감생심이다. 누가 꽃상여를 태워줄 것인가. 비닐 자루에 담아서 불구덩이에 던져지지 않는 것만도 다행이라고 할 세상이 아니던가. 죽음 앞에 엄숙했던 시간들마저도 다 지나가버린 것일까. 차창을 스쳐 지나가는 정든 거리의 모습이 다시 볼 수 없을 것 같은 마음이 든다.

"할머니 우세요? 그렇게 서운해요?"

"너는 좋으냐? 거기도 전철이 닿기는 한다더라만 보이는 건 맨 비닐하우스라며?"

"할 수 없지요. 우리 학교도 지방인데요 뭐. 저는 매한가지예요. 할머니 우리 먼저 점심 먹고 오래요. 아버지랑 어머니가 이사 다 해놓고 전화한다고 했어요. 뭐 맛있는 거 드세요."

"맛있는 거? 뭐가 맛있나? 요새는 뭐가 맛있는지 생각조차 안 나."

"그러지 말고 잘 생각해보세요. 갈비 드실래요?"

"싫다, 고기는. 시래깃국 잘하는 데 없나. 그거는 먹을 수 있을 것 같은데."

"아이참, 할머니도 이사하는 날 시래깃국이 다 뭐예요."

"그럼 짜장면을 먹든지. 너 좋아하잖어."

"아니에요. 할머니 좋아하시는 거 드세요."

"아무거나 먹자. 아침을 대충 먹었더니 시장하기는 하구나. 그나저나 너는 언제나 학교 갈 수 있능겨? 어렵게 대학에 입학해놓고 학교 구경두 못해본 거 아녀?"

"구경이야 했지요. 온라인 강의만 하는데, 이럴 바에야 사이버대학에 갈 걸 괜히 등록금만 아까워요."

"어쩌겠냐. 혼자 당하는 일도 아닌데. 잃은 게 있으면 얻는 것도 있는 법이여."

마침 길가의 감자탕집이 눈에 띄어서 먹고 가기로 했다. 장사가 안 된다고 그리 아우성이더니 웬걸, 자리가 꽉 찼다. 밖의 테이블에 자리가 나서 자리를 잡고 앉았다. 이제 다들 느슨해진 건가. 식구들이 하도 단속해서 그전처럼 나다니지는 못했지만 그렇다고 집에만 있었던 건 아니다.

참다 참다 못하면 애들이 나간 틈을 타서 슬쩍 배낭을 메고 집을 나섰다. 널널한 지하철을 타고 텅 빈 공항에도 가보고, 한산한 백화점에도 가보았다. 식당은 아예 엄두가 나지 않아

간단한 요깃거리를 챙겨서 사람 드문 공원이나 시냇가 다리 밑에 앉아서 하염없이 흐르는 시냇물을 바라보기도 했다. 시냇가를 어정거리는 왜가리에게 말을 건 적도 있었다. 너는 식구들 어쩌고 혼자 왔다 갔다 하느냐. 내 힘껏 자식들 키운다고 키웠는데, 자식들은 언제나 원망뿐이더구나. 경로당 할멈들도 내 얘기는 진저리가 났는지 아무도 들어주지 않는단다. 왜가리조차 훌쩍 날아가 버렸다. 아무에게도 입을 열 수가 없었다. 시끌시끌하던 전철 안에서도 모두 묵언 수행하는 수도사들처럼 휴대폰에만 눈 박고 있었다. 눈총을 주는 사람도 있었다. 커다란 마스크로 얼굴을 가리고 있었지만 눈빛만으로도 늙은이가 왜 싸돌아다니느냐는 투가 역력했다.

"어디 가우? 나는 판교 사는데 전철 타고 매일같이 여기저기 구경 다닌다우."

"어머나, 참 정정하시네요. 혼자 그렇게 다니시는 걸 보면 정말 건강하신 거예요. 저 이번에 내려요. 조심해서 다니세요."

초면에 말을 걸어도 상냥하게 대답해주고 건강하다며 칭찬해주던 인심이 사라져버렸다. 이제까지 살아왔던 정다웠던 세상이 감쪽같이 사라지고 말을 하기도 전에 침방울이 튀는 걸 걱정해야 하는, 사람이 사람 보기를 겁내는 이상한 세상으로 바뀌어버렸다.

휴대폰이 울린다.

"할머니, 전화 왔잖아요."

"여보세요?"

"나 서영이 할머니여."

"웬일이여, 전화를 다 하구?"

"깜빡했어. 느티나무 밑에 앉았는데 할멈들이 그러네. 선우 할머니 오늘 이사 갔다구. 먼저 전화라도 했으면 나가나 볼걸 서운해서 어쩐다."

"그려, 서운하데. 그동안 같이 밥 먹구 떠들며 논 세월이 얼만데 아무도 안 내다봐서 많이 서운했어."

"그랬을겨. 싸게 팔구 나간 것두 억울한데, 집값이 일억이나 올르구 내놓은 집두 없대나 봐."

"아주 염장을 지르는구먼. 그려, 비싼 집에서 아주 부귀영화 누리고들 잘 살어. 복 없는 년이 뭘 더 바라겠어. 코로나 안 걸린 거로 만족해야지. 전화 끊어, 나 바뻐."

"할머니, 화났어요?"

"그려, 화났다. 너 같으면 화 안 나겠냐?"

"할머니, 제가 잘할게요. 매일 들르고, 청소는 제가 다 할게요."

"너도 멀리 학교 다닐라믄 바쁠 텐데 아서라. 어서어서 먹고 가자. 아무리 포장이사라지만 주인이 할 일은 따로 있는겨."

자그마한 동산 아래 빌라가 여러 채 옹기종기 모여 앉은 품새가 그리 싫지 않다. 버스가 다니는 큰길에서 조금 들어간 야트막한 언덕 위에 자리 잡은 성원 빌라 단지. 전철역까지는 어른 걸음으로 십오 분 거리라고 했다. 십 년 전이나 지금이나 집값이 내려갔으면 내려갔지 오르는 건 꿈도 못 꾸는 단지라지만 빌라 뒤편에는 녹음이 우거진 동산도 있고, 길 건너편에 곤지암천이 흐르고 있다. 이제부터 살아야 할 동네라고 생각해서 그런지 동네가 아담한 게 괜찮아 보인다. 손자 말대로 아들네 빌라 바로 옆 동의 이층에 내 짐이 자리를 잡았다. 남향이리 볕이 잘 들어서 습하지는 않은 것 같다.

"할머니, 오래된 빌라라 재건축하면 한몫 잡을 수 있어서 할머니 집 따로 한 거래요. 밥은 따로 해드셔도 되고 우리 집에서 드셔도 되고. 괜찮지요?"

"그려, 잘했어. 누가 뭐라고 하드냐? 너무 애쓰지 마라. 느이는 느이 편한 대로 살고, 나는 내 편한 대로 살 테니께."

날강도 같은 아들놈이 손자 앞세워서 간능 떠는 거 모르지 않지만 나는 아무 말 않고 그냥 다 넘어가기로 했다.

"할머니, 좀 쉬다가 우리 집으로 올라오세요. 저 먼저 가요."

손자가 가자 나는 집을 찬찬히 둘러본다. 아들이 하느라고 한 티가 난다. 아담한 거실 한쪽에 크림색 2인용 소파가 놓여 있고, 맞은편의 오십 인치 텔레비전도 맘에 든다. 싱크대도 새것이다. 큼지막한 냉장고도 새로 들여놓았다. 이십 평형이지만 큰방 하나에 서재로 쓸 작은방 하나, 주방이 딸린 거실과 작은 베란다도 있다. 혼자 살기에 맞춤이란 생각이 든다. 베란다에 서니 앞이 탁 트였고 길 건너편 곤지암천의 물줄기가 한눈에 들어온다. 그 풍경에 매료되어서 동였던 마음이 풀리는 것 같다. 어미가 햇살과 시냇물을 좋아하는 건 어떻게 알았을꾸? 전체 수리를 해서 그렇게 낡은 느낌도 들지 않는다. 내 집이니 정붙이고 살다 보면 살아지겠지.

다시 혼자가 되었다. 하기는 열네 살부터 혼자였지만 아직까지 멀쩡하게 살아 있지 않은가.

에필로그

이사까지 했으니 기운차게 살아보자. 혼자가 어때서? 어차
피 모두 혼자 남는데 뭘. 자식들은 저들대로의 삶이 있는 것
이고, 나는 나대로 혼자서 살아갈 일이다. 그 지긋지긋하던
코로나도 지나갔다. 코로나로 죽은 사람들만 원통할 뿐이다.
더러 마스크를 쓰긴 했지만 사람들은 일상을 회복해가고 있
는 중이다. 마침 주민자치센터의 운동 프로그램 현수막이 걸
렸다.

어쩌지? 등록해도 될까? 나이가 문제가 되지는 않을까? 나
는 그 생각으로 하루 종일 서성였다. 젊었을 때는 다른 사람
의 시선을 의식하는 일이 드물었다. 그런데 칠십 고개를 넘으
면서부터 한 해 두 해 해를 거듭할수록 자꾸 주위를 돌아보는

버릇이 생겼다. 말로야 백 세 시대라고들 하지만 젊은 사람들이 가는 곳에 가면 괜히 주눅이 들었다. 그러면서도 노인들이 가는 곳보다는 젊은이들이 가는 곳으로 자꾸 마음이 쏠렸다. 나도 모르게 그들이 내뿜는 빛을 향하여 내 몸이 움직였다. 반짝이는 것이 나를 이끄는 거였다.

할까 말까 할 때는 하고, 먹을까 말까 할 때는 먹지 말라던 친구의 말이 생각나서 에라 모르겠다 하는 심정으로 등록을 했다. 주민자치센터의 운동 프로그램 '다이어트 댄스'.

역시 사십여 명의 회원은 얼핏 보아도 사십대가 주류였다. 더러 오십대나 육십대로 보이는 이도 있었지만 내 또래는 없었다.

부드러운 음악으로 준비운동을 마치고 댄스에 들어갔다. 빠른 템포의 가요였다. 선생의 몸짓도 앞줄에 선 회원들의 경쾌한 몸놀림도 따라갈 수가 없어서 우왕좌왕했다. 맨 뒷줄에 자리 잡아서 다른 사람들의 시선에서 벗어날 수는 있었지만, 전면 벽이 거울이어서 거울에 비친 내 모습을 보지 않을 수 없었다. 엉망이었다. 젊어 한때 에어로빅을 했으니까 어느 만큼은 따라갈 수 있을 거라고 자신했었는데 아니었다. 영 몸이 따라주지 않았다. 어떻게 오십 분이 지나갔는지 몰랐다.

"저는 이범순이라고 합니다. 처음 오신 언니들도 많으신데 잘 따라 하시네요. 모두 즐겁게 운동합시다."

사십대로 보이는 선생은 회원들을 모두 언니라고 불렀다.

나는 자연스레 큰언니가 되었다. 새 작품이 나가면 반장이 잘하는 사람들의 영상을 찍어서 단톡방에 올렸다. 나는 뒤처지지 않으려는 마음으로 하루도 거르지 않고 수업에 참석하고, 단톡방에 올라온 영상을 보며 집에서도 맹연습했다.

삼 개월이 지나자 어느 정도 다른 회원들을 따라 할 수 있게 되었다. 수업 시작 이십 분 전에 가서 준비운동도 하고 일찍 온 회원들과 이런저런 얘기도 나누었다. 회원들이 의외로 친절하고 나이 많다고 싫어하는 기색을 보이지 않았다. 나는 젊은 사람들과 어울리려면 지갑부터 열고 입은 꾹 다물라는 노인의 지침 같은 것을 지키려고 했다. 그런데 지갑을 열 기회가 없었다. 회식하면 일단 반장이 계산하고, 참가한 인원수대로 나누어서 반장의 계좌로 이체하는 명쾌한 시스템이었다. 나는 그저 무슨 모임이든지 기를 쓰고 참석했다. 쓸데없이 아는 체하거나 잔소리만 하지 않는다면 얼마든지 젊은 사람과도 어울려 놀 수 있는 것이다. 아싸!

주민자치센터의 강당에 음악이 쾅쾅 울리고 사십여 명의 회원이 일사불란하게 댄스를 한다. 이따금 방향을 잘못 잡아서 부딪힐 때도 있지만 그렇다고 그걸 탓하는 사람은 없고 왁자하게 웃어넘긴다. 요즘 젊은 엄마들은 몸매 관리도 잘해서 멋진 운동복을 입고 앞줄에 서서 춤추는 모습이 그렇게 예쁠 수가 없다. 반장은 수준급 실력으로 공연하는 것 같고, 그 옆의 순실이는 춤 선이 고혹적이고, 그 옆의 승미는 몸짓이 귀엽고, 그 옆의 예진이는 힘찬 구령으로 열기를 더한다. 파워 넘치는 그들을 따라 동작을 하다 보면 절로 기분이 좋아진다. 댄스 중간중간 에! 에! 하며 기합을 넣는 몇몇 회원들 덕분에 없던 기운도 솟구쳤다. 그들과 같이 웃고, 새 작품이 어려우면 같이 투정하고 하는 사이 정이 들어버렸다. 댄스 수업 시간이 기다려졌다.

지난주에 회원들과 함께 물안개공원으로 야유회를 갔다. 망설이는 나를 반장이 막아섰다. 같이 가시는 거죠? 큰언니가 빠지면 섭섭해요. 나는 못 이기는 척 따라나섰다. 드디어 지갑을 열 기회가 왔다. 나는 봉투를 준비해서 일찌감치 집을 나섰다. 언니, 이러지 않으셔도 되는데…… 잘 쓸게요. 큰언니 짱! 반장이 엄지척을 했다. 날씨마저 화창했다.

오징어게임의 캐릭터 옷까지 준비한 선생이 몸을 아끼지 않고 앞장서서 노는 바람에 금세 분위기가 달아올랐다.

무궁화꽃이 피었습니다, 수건돌리기, 풍선 터트리기, 달리기, 보물찾기. 모든 게임에서 걸리면 벌칙으로 춤을 추든지 엉덩이로 이름을 쓰는 것은 소싯적과 다를 바 없었으나 이름을 영어로 그것도 필기체로 쓰라는 바람에 웃음소리가 끊이지 않았다.

학창 시절에 소풍 가서 했던 놀이들을 착착 준비해온 반장의 수고로 여학생 시절로 돌아간 듯이 재미났다. 예약해놓은 식당에서 점심을 먹고 베이커리 카페에서 차를 마시며 보물

찾기해서 받은 선물을 펼쳐보며 또 한바탕 웃음꽃을 피웠다. 오랜만에 느껴보는 즐거움이었다. 같이 뛰고 춤추고 웃으며 노는 사이 더욱 친근해진 마음이 들었다.

월요일 수업 시간. 야유회로 친해진 덕분인지 분위기가 더욱 좋다. 쉬지 않고 다음 곡, 다음 곡으로 넘어간다. 「평행선」, 「쏘리 쏘리」, 「안동역에서」, 「홍시」, 「막걸리 한잔」, 「꽃」, 「밤에 피는 장미」.

땀이 등줄기를 타고 흐른다. 오십 분이 훌쩍 지나가버렸다.

"모두 그 자리에 누우세요. 팔과 다리, 온몸에서 힘을 빼세요."

느림 템포의 가요가 흐른다. 처음 듣는 노래지만 감미롭다.

땀을 흠뻑 흘린 뒤에 서늘한 마룻바닥에 누우니 기분이 상쾌하다. 온몸에서 힘을 빼고 눈을 감았다. 나른하고 행복한 마음이 밀려든다. 행복이라니, 얼마 만에 느끼는 감정인가. 나는 이 순간, 시간이 멈췄으면 좋겠다고 생각한다.

혼신으로 길어 올린 구성진 희망가

김혜정(소설가)

　권채운의 소설을 읽으면 뭉근하게 적셔오는 비의(悲意)에 몸을 내주게 된다. 혼신으로 길어 올린 구성진 희망가의 울림 깊음에 숙연해져 눈물을 삼키다가 끝내 웃고 마는 것이다. 처연히 젖은 몸이 햇살 한 줌을 맞이하는 순간의 환희가 거기에 있다. 그의 소설이 세상의 그늘진 곳으로 향해 있고, 저버릴 수 없는 희망에 기대고 있기 때문일 터이다.

　그의 인물들은 섣부른 감상에 빠져 허우적거리지 않고, 과장된 자의식이나 허세가 없으며, 권위를 내세우지도 않는다. 다만, 정직하고 진실하며 강인하다. 온몸으로 삶을 살아낸 사람들만이 가질 수 있는, 어둠과 절망을 통과해온 사람들만이 지닐 수 있는 진정성으로 스스로를 몰아세우지 않으며 타인에게 그 무엇도 강요하지 않는다.

그들은 운명의 거센 물살에 휘말리더라도 침몰하지 않고 희망의 길을 열어간다. 또한 그들은 세파에 흔들리는 평범한 사람들일 뿐, 어떤 독기를 품는다고 해도 삿됨이 없다. 그들의 심장은 뜨겁고 그들에게서 뿜어져 나온 삶에 대한 의지는 굳건하다. 바위틈에서도 뿌리내리는 풀꽃, 혹은 목숨을 다할 때까지 날기를 그치지 않는 새를 닮았다.

이게 꼬락서니는 이래 봬두 아주 이쁜 꽃이 숨어 있어. 그저 비썩 마르지 않을 정도로 잊어버릴 만하면 한번씩 물을 주고 햇볕이나 쐬어주면, 요 이파리 끝마다 빨간 꽃이 쏘옥 나온다니까. 꽃이 죽 둘러가며 피면 촛불을 켜놓은 것 같아. 이게 뭐라는 선인장인데?(『겨울 선인장』, 39쪽)

꼭 다시 와유, 나는 비닐봉지를 받아 들고서는 냉큼 뒤돌아서서 걷기 시작했다. 조금이라도 그 자리에 더 서 있다가는 그예 어머니를 붙안고 울음을 놓을 것 같아서였다. (……) 고갯마루에 이르러서야 나는 뒤를 돌아다보았다. 어머니의 집 위에 높다랗게 외등이 켜져 있었다. 얼마나 촉수가 밝았던지 초가지붕은 눈이라도 내린 것처럼 하얗게 빛났다. 나는 그 자리에 주저앉아 울음을 놓고 말았다.(『바람이 분다』, 118쪽)

사람들이 떠나버린 아파트 단지는 공동묘지 같다. 텅 빈 놀이터에는 무심한 참새들만 한번씩 날아왔다 갈 뿐이다. 나무가 베어지면 거기 깃들여 살던 새들은 어디로 가나.(『바람이 분다』, 144쪽)

그들에게 쓸쓸함은 희망의 다른 이름으로 존재한다. 아무것도 가진 것 없는 그들이 가열차게 세상을 뚫고 나가는 힘이다. 그 힘이 이야기의 옷을 입고 권채운이 바라는 대로 '외로운 사람들에게 위로가 될 수 있는 따뜻한 소설'로 우리를 찾아온다.

사무치는 인내와 시린 결기가 아니면 불가능한 일이다.

『반짝이는 것이 나를 이끌어간다』의 '미자'는 엄마가 자신을 버리고 서울로 떠나자 "하다 하다 안 되면 자살을 하는 방법이 있으니까"(14쪽) 하고 아무도 모르게 도루코 면도날을 사서 필통에 넣어 다녔다. 사랑을 잃고 새벽 기차를 타고 남으로 남으로 떠날 때도 주머니에 도루코 면도날을 간직하고 있었다.

소설집 『겨울 선인장』과 『바람이 분다』에서 주로 노년의 삶을 깊이 살펴온 권채운은 첫 장편 『반짝이는 것이 나를 이끌어간다』에서 유년과 청춘을 소환한다. 그럼으로써 부박한 삶 속에서 우리가 곧잘 망각하는 인간성이라는 보편적 진실에 대해 그 어느 때보다 치열하나 은은하고, 진지하게 이야기한

다. 더하여 이번 장편에서 보여주는 세상을 향한 관조와 이해
는 깊은 강물의 수면처럼 잔잔하면서도 그 수심처럼 웅숭깊
다. 그 깊이만큼 반짝인다. 아마도 그는 반짝이는 것에 이끌
려 다시 희망을 노래하려는 듯하다.

프롤로그에서 청춘의 한 날을 회상하는 '미자'의 마음길이
그것을 예고하고 있다.

무슨 대단한 사랑을 한 것도, 실연을 한 것도 아니지 않은가.
그냥 이참에 이 소망 없는 인생에서 하차하고 싶은 마음이 나를
기차에 태운 것은 아닐까. 나는 그들 보통 사람들이 내뿜는 활기
에 떠밀려서 다음 역에 기차가 정차하자 기차에서 내렸다. 논산
이었다. 역전식당에서 해장국물을 한 사발 들이켰다. 왠지 힘이
솟는 것 같았다. 나는 상행선 기차를 타고 돌아와서 아무 일도 없
었다는 듯이 씩씩하게 회사에 출근했다. 그날 이후의 내 삶은 덤
이었다. 어째 덤으로 받은 것이 더 많은 인생을 살아온 것 같다.
눈을 돌리면 그 시선에 따라서 물별도 따라 움직였다. 바라보
지 않으면 냇물도 그저 무심히 흘렀다. 반짝이는 것이 나를 살게
하는구나.(8~9쪽)

또한 그가 이전의 단편들에서 비극적 세태를 응시하고 풍
자하는 방식을 취했다면, 이 작품에서는 격랑의 시대를 건너
온 청춘들이 상처와 아픔을 어떻게 극복해왔는지를 핍진하게

보여준다. 전쟁의 소용돌이에서 살아남았거나 혹은 잃어버린 '미자'의 가족, 산업화 시대를 살아낸 방직공장의 은수(삼순), 은미(삼숙), 은숙, 영자, 영옥, 인주, 미스 권, 미스 정, 미스 리……

하지만 이들을 통해 그가 주목하고 있는 것은 시대의 아픔이나 역사적 현실에 국한되어 있지 않다. 오히려 인물들 사이의 어긋나고 비껴가는 관계를 문제적으로 인식한다. 그들은 삶을 추상적이 아닌 구체적인 현실로 받아들이며, 그 현실이 아무리 척박하고 비극적이라고 해도 끊임없이 꿈꾼다. 그것이 바로 권채운 소설의 진수이자 미덕이다. 또한 권채운이 세상을 살아가는 방식이자 소설을 쓰는 마음가짐으로 보인다.

어머니가 자신을 버렸기에 그녀 스스로도 어머니를 버리겠다고 다짐했음에도 '미자'가 어머니를 찾아 나서는 것은 자기 안의 불화를 잠재우고 다시 꿈꾸고자 내딛는 발걸음이다. 이어 독서와 글쓰기를 통해 그녀는 또 다른 꿈의 세계로 성큼 나아간다.

노조 사무실 책장의 책을 거의 다 섭렵했다. 한국문학전집을 다 읽고 나서 세계문학전집에 달려들었다. 우선은 얇은 책부터 시작해서 날로 두꺼운 책으로 옮아갔다. 소설이 나를 잡고 놓아주지 않았다. 겉멋에 들고 다니던 책에 진심으로 푹 빠져서 다 읽고 나면 다음 읽을 책에 눈독을 들였다. 소설 속의 세계는 신세계

였다.(93쪽)

　청춘의 고단한 삶 속으로 찾아드는 책. 책 속의 신세계는 현
실과 맞물려 삶과 죽음, 사랑과 이별에 대한 성찰로 이어진
다. 요컨대, 이상적 삶의 열망에 들뜨다가 현실에 주저앉기도
하지만 다시 일어서며 달구어진 열망은 소설을 이끌어가는
원동력이 된다. 권채운 특유의 진중한 사유가 빚어내는 해학,
묵직한 공명을 일으키는 입말, 거기에 자연에 대한 탁월한 묘
사가 어우러지면 가히 점입가경이다.

　그의 문장을 따라가다 보면, 도도히 흐르는 강을 건너는 기
분이다. 강줄기를 따라 사방으로 펼쳐진 풍광에 취해 있노라
면, 아마도 그가 어귀마다 마련해두었을 강바람의 회오리를
마주한다. 휘청하며 넋을 앗기는 순간, 펼쳐지는 진경!

　한없이 투명하고 애달픈 서사가 물살을 가로질러 우뚝 서
있다.

　얼굴을 본 적도 없고 아무런 추억도 없는 아버지를 찾아내라
고 강요하는 엄마를 이해할 수가 없었다. 엄마 역시 아버지와 함
께 살았던 기간이 이 년이 채 되지 못했다. 그런데도 생이별을 당
해서 그런 건지 엄마의 가슴속에는 아직도 아버지가 있는 것 같
았다. 엄마는 매일 전화로 나를 다그쳤다.

　"안적두 방송국에 신청 안 한 거여?"

"참 엄마두, 해당 사항이 아니라니까 그러네. 그리구, 찾으면 어쩔 건데? 엄마는 이미 딴 사람한테 시집갔잖어. 아버지 볼 낯이 있어?"

(……) 전쟁 통에 얼마나 많은 사람들이 생이별을 했는지 밀려드는 신청자들 때문에 여름에 시작한 방송은 가을을 지나 겨울까지 이어졌다. (……) 어떤 연속극보다 감동이 컸다. 만났구나, 또 만났구나. 만약에 내 아버지를 만난다면 저렇게 얼싸안고 울 수 있을까.(113~114쪽)

2010년 남북 이산가족 찾기가 중단될 때까지 엄마는 희망을 놓지 않았다. 어쩌면 그런 희망이라도 없는 것보다는 나은 것인지도 모르겠다는 생각이 들었다. 희망은 사람을 앞으로 나아가게 하는 힘이 있으니까.(121쪽)

한 장밖에 없는 성냥갑만 한 사진을 들어내니 '미자고등학교 입학금'이라고 적힌 봉투가 있었다. 안에는 깨끗하게 다림질된 지폐가 들어 있었다. 몇십 년이나 간직하고 있었던 내 입학금. 그동안 돈 쓸 일도 많았을 텐데 쓸 데도 없는 입학금을 왜 간직하고 있었을까. 상자 맨 아래에는 한 장 한 장 다림질해서 색실로 묶은 편지 다발이 있었다. 내가 엄마에게 보낸 편지들이었다. 오래된데다 여기저기 눈물로 번진 자국 때문에 알아볼 수 없는 내용들이었다. 보나 마나 애끓는 마음으로 엄마에게 원망을 쏟아냈던 내 편지들이었다. 그 눈물 자국은 어떤 것은 원망 어린 내 눈물이었고 어떤 것은 가슴 아린 엄마의 눈물이었을 것이다.(166쪽)

욕하면서 닮는다던데 어쩌지요? 나도 더 나이 들면 엄마처럼 엄마를 원망하며 살게 될까 봐 겁이 납니다.(『바람이 분다』, 246쪽)

'어머니'는 하나의 화두로 그의 소설집 『겨울 선인징』과 『바람이 분다』의 몇몇 작품에서 그려진 바 있는데, 장편 『반짝이는 것이 나를 이끌어간다』에서는 작품의 중심에 있다. '어머니'라는 화두를 그는 못내 놓지 못한 듯하다.

'미자'의 삶 겹겹이 드리운 어머니의 그림자, 그녀의 삶은 어머니의 삶만큼이나 절곡하다.

소설이 따로 있나. 소설보다 더 곡진한 엄마의 일생이 소설이 되겠구나. 듣고 보고 겪은 엄마의 일생에 거짓말을 보태서 이야기를 꾸리기는 쉬웠다. 억지로 꾸며내는 것보다 아는 얘기에 살을 붙이니까 그럴듯했다.(134~135쪽)

이처럼 그녀에게 어머니와 글쓰기는 서로 엮여 하나의 몸을 이루어 작동한다.

권채운은 첫 소설집 『겨울 선인장』의 작가의 말에서 "세상에 혼자 내던져졌다는 생각이 들던 시절이 있었다. 그때는 오로지 소설만이 친구였다. 벼랑 끝까지 떠밀려 갔다가도 소설의 한 문장에 힘을 얻어 돌아설 수 있었다"라고 쓰고 있다.

그런 면에서 이 작품은 격랑의 시대를 살아온 인물들의 관계를 통해 삶의 보편성을 이야기하면서, 그 이면에는 글쓰기에 의한 삶의 통찰을 담고 있다. '미자'의 유년과 청춘, 중년과 노년에 이르기까지 주된 관심사를 두고 볼 때, 그녀가 글쓰기를 꿈꾸고 이루는 삶의 내력은 매우 설득력 있게 다가온다.

"일취월장했네유. 서사에 힘이 있어유. 잘 다듬어서 다시 갖구 와봐유."
L 선생의 칭찬에 하늘을 나는 기분이었다. 내친김에 내 주변의 인물들을 찬찬히 살펴서 내 소설의 주인공으로 등장시켰다. 작품이 하나둘 쌓여갔다.(135쪽)

'미자'의 삶에서 글쓰기는 그 자체로 무한한 빛을 발산한다. 그리고 마침내 그녀는 "꿈도 꾸지 못했던 소설가"가 된다. 출판사로부터 당선 소식을 들은 그녀는 다음과 같이 소회를 밝힌다.

행복했다. 지금까지 살아오면서 느꼈던 여러 가지 기쁜 일들은 내 노력으로 된 것이 아니었다. 오로지 나 혼자 힘으로 이루어낸 성취가 주는 뿌듯함이 내 몸속에 가득 들어찼다. 행복해서 잠 못 드는 밤은 감미로웠다. (……) 나는 내 팔자를 내 힘으로 바꾼 것이다.(140쪽)

한 생을 어쩌면 이토록 섬세하고 아름답고 절절하게, 감동적으로 그려낼 수 있을까.

시대의 아픔과 개인적인 상처들은 각기 다른 빛깔의 희망을 지으며 각 장마다 생생하게 변주된다. 설령 그가 냉소하는 순간에마저 마음을 붙들려 옴짝달싹 못하게 되는 까닭이다. 작품을 아우르는 그늘과 빛의 절묘한 조우, 그것을 지탱하는 고뇌와 의지는 삶의 진실에서 한 발짝도 물러서지 않겠다는 권채운 식의 꼿꼿함이다.

젊었을 때는 다른 사람의 시선을 의식하는 일이 드물었다. 그런데 칠십 고개를 넘으면서부터 한 해 두 해, 해를 거듭할수록 자꾸 주위를 돌아보는 버릇이 생겼다. 말로야 백세 시대라고들 하지만 주로 젊은 사람들이 가는 곳에 가면 괜히 주눅이 들었다. 그러면서도 노인들이 가는 곳보다는 젊은이들이 가는 곳으로 자꾸 마음이 쏠렸다. 나도 모르게 그들이 내뿜는 빛을 향하여 내 몸이 움직였다. 반짝이는 것이 나를 이끄는 거였다.(191~192쪽)

노년의 '미자'가 다이어트 댄스를 시작하는 모습으로 시작

되는 에필로그의 첫 장면은 열망으로 가득 차 있다. 그것이 현실과의 긴장을 팽팽하게 유지하여 깊은 여운을 남긴다. 그 여운의 한가운데가 바로 권채운이 서 있는 자리가 아닐까.

그도 그럴 것이 그는 오십이 넘은 나이에 등단하여 고희를 훌쩍 넘어선 지금까지 부단히 글을 쓰는 중이다.

한번 맘껏 문향을 날려봐유. 밤을 꼴딱 새워가며 지은 이름이니께.(137쪽)

작품 속 L 선생이 '미자'에게 필명을 지어주며 한 말은 퍽 의미 있게 다가온다. 작가와 작품이 어쩔 수 없는 숙명적 관계임을 뒤로하더라도, 믿음은 과연 힘이 세다는 것을 에두르고 있기 때문이다.

이렇게 권채운만의 고유한 빛깔을 지닌 소설은 스스로 반짝여 '지금, 여기'를 살아가는 이들을 이끌어주고 있다.

그가 여전히 꼿꼿하게 희망에 찬 꿈의 길로 들어서는 모습을 보는 것은 가슴 벅찬 일이다.

아마도 그는 생의 마지막까지 '글의 길' 위에 있기를 꿈꾸고, 이룰 것이다. 나 또한 그럴 수 있기를 조심스레 바라본다.

나는 무엇으로 사는가. 이 강퍅한 세상에서 주저앉지 않고 살아가는 힘은 어디에서 오는가. 맑은 햇살이 얼굴을 간질이는 날이면 멍하니 창밖을 바라보다가 종국에는 어머니를 떠올리고야 만다. TV에 나올 만큼 자신을 온전히 희생해서 자식을 훌륭하게 키운 장한 어머니도 아니요, 격변의 시대에 태어나 그 격랑에 휩쓸려 근근이 목숨을 부지하기에 바빴던 지극히 평범한 내 어머니였지만 자식에 대한 기원만은 그 누구에게도 지지 않았을 어머니셨다. 어머니의 기원이 세상의 기운을 움직여서 언제나, 어디서나 도움의 손길로 나타나 나를 이끌었다. 그 기운이 돌고 돌아 세상에 온기를 주고 희망을 선물한다.

내 안에 너 있다. 이 감미로운 청춘극의 대사는 내 안에 어머니가 있다, 로 치환된다. 그뿐 아니다. 내 딸 안에도 내가 있고, 내 손자에게서 문득 내 어머니가 보인다. 유전자의 신비한 힘이다.

몇 년 전에 어머니가 세상을 떠나셨다. 사랑합니다. 고맙습니다. 미안합니다. 나는 그 흔한 말 한마디를 하지 못한 채 어머니를 보냈다. 우리 모녀는 하고 싶은 말을 하지 않는 것을 미덕으로 알고 살아온 세대다. 어머니의 칠순에 말로는 다 하지 못한 내 마음을 편지를 써서 낭독하겠다고 했을 때, 즐거운 잔칫날에 굳이 눈물바람을 해야겠느냐며 동생이 말렸다. 나는 내 소설 속에 어머니에게 하지 못했던 말을 슬며시 흘려놓곤 했는데 소설을 읽지 않으시는 어머니가 내 말을 들었을 리가 만무하다. 어머니도 내게 하고 싶은 말이 있었을 것이지만 차마 하지 못하셨을 거라고 짐작할 뿐이다. 나는 지금도 가끔 어머니의 목소리를 듣는다.

혼자서도 잘 큰 내 딸, 춘향이보다 예쁜 내 딸, 똑소리 나는 내 딸, 매정하기 짝이 없는 년, 서운하다. 서운하다. 서운하다.

이 말들은 어쩌면 내가 내 딸에게 하고 싶은 말일는지도 모른다.

아무려나 나는 내 어머니의 딸인 것이 자랑스럽다. 어떠한 상황에서도 꿋꿋이 삶을 지켜낸 굳은 심지가 어머니로부터 내 자손에게 영원히 이어질 것을 믿기 때문이다. 머지않은

날, 다시 만날 어머니에게 좋은 소설을 한 아름 안겨드리고
싶어서 오늘도 꼿꼿이 세상을 바라보고 있다.

부족한 글을 책으로 엮어주신 강출판사의 선생님들, 깊은
애정으로 발문을 써주신 김혜정 선생님, 고맙습니다.

소설의 길로 이끌어주신 유재용 선생님! 이문구 선생님!
보고 싶습니다.

반짝이는 것이 나를 이끌어간다

ⓒ 권채운

1판 1쇄 발행 | 2024년 12월 19일

지은이 | 권채운
펴낸이 | 정홍수
편집 | 김현숙 이명주
펴낸곳 | (주)도서출판 강
출판등록 | 2000년 8월 9일(제2000-185호)

주소 | 서울시 마포구 동교로17안길 21(우 04002)
전화 | 02-325-9566
팩시밀리 | 02-325-8486
전자우편 | gangpub@hanmail.net

값 14,000원
ISBN 978-89-8218-356-0   03810

* 이 프로젝트는 서울특별시, 서울문화재단의 지원을 받아 제작되었습니다.